TOTE SEELEN REDEN NICHT

Der dritte Fall für Steinbach und Wagner

ROXANN HILL

1. Auflage

Umschlaggestaltung: Roxann Hill
Bildmaterial: www.fotolia.com / britta60

http://www.roxannhill.blogspot.com
http://www.facebook.com/Roxann.Hill.Autorin
http://www.twitter.com/roxann_hill

ISBN: 1497381096
ISBN-13: 978-1497381094

Printed by CreateSpace
Roxann Hill, Schenkstraße 122, 91052 Erlangen

DIE WELT MAG UNTERGEHEN,
WENN ICH MICH NUR RÄCHEN KANN.

HERCULE DE SAVINIEN
DE CYRANO DE BERGERAC (1619 – 1655)

PROLOG

Er hastete durch die Nacht. Nein, eigentlich rannte er – einem gehetzten Tier gleich, das seinem Jäger zu entfliehen versucht.

Seine Kondition war miserabel. Zudem schmerzte sein Körper von dem Taser, mit dem man ihn attackiert hatte. Die eisige Luft biss stechend in seinen Lungen und er spürte kalten Schweiß auf der Stirn. Sein Atem kam mit einem stoßartigen, beinahe schon pfeifenden Geräusch in Form von weißen Dampfwolken, die sich in der Dunkelheit verloren.

Mehrmals drehte er sich um, darauf bedacht, auf der festgetretenen Schneedecke nicht auszurutschen, aber er konnte nichts erkennen.

Vorhin hatte er im Laufen versucht, die Notrufzentrale zu erreichen. Das Telefon war ihm aus der Hand gefallen und es war ihm nicht gelungen, es wiederzufinden – vor allem, weil er es nicht gewagt hatte, längere Zeit stehen zu bleiben.

Er merkte, dass er langsamer wurde und zwang

sich dazu, sein Tempo so gut es ging zu steigern.

Mit der Rechten langte er an seinen Kragen, fetzte den obersten Knopf auf, um seinen Hals aus der Enge des schwarzen Hemdes zu befreien.

Wie unpassend – dachte er dabei - *ein Priester, der sich fürchtet.*

Ganz bewusst hatte er diese Abkürzung gewählt, doch die Nebenstraße war kaum beleuchtet. Aber weiter vorne konnte er eine Laterne ausmachen. Gleich hatte er es geschafft.

Jetzt tauchte sogar ein Passant auf und kam ihm entgegen. Die fürchterliche Angst, die ihn erfüllte, ließ ein wenig nach. Menschen bedeuteten Sicherheit. Licht würde ihn schützen.

Die Person, die sich ihm näherte, schlenderte heran. Dick eingepackt, die Kapuze des Parkas tief ins Gesicht gezogen. Kein Wunder, die Temperaturen lagen deutlich unter dem Gefrierpunkt.

Der Priester sah, wie der unbekannte Spaziergänger keine drei Meter von ihm entfernt strauchelte. Offensichtlich wurde ihm der glatten Untergrund zum Verhängnis. Er drohte zu stürzen. Aus einem Reflex heraus sprang der Priester nach vorne und fing ihn im letzten Moment auf. „Achtung! Es hat gefroren!“, sagte er dabei.

Der Fremde hielt sich am schwarzen Mantel des Priesters fest, bis er das Gleichgewicht wiedergefunden hatte. Wortlos richtete er sich auf und ging weiter seines Weges.

Der Priester blickte ihm nach und beobachtete, wie der Fremde von der Dunkelheit verschluckt wurde. Dann wandte er sich wieder um und eilte erneut in Richtung der Laterne, deren fahler Schein Rettung versprach.

Mit einem Mal wollte sich sein rechtes Bein nicht mehr bewegen. Ihm kam es vor, als habe es schlagartig jede Kraft verloren. Schwer sackte er auf die Knie, der Schmerz erreichte explosionsartig seinen Unterleib. Mit den behandschuhten Händen griff er sich an den Bauch. Als er sie hob und damit über sein Gesicht fuhr, fühlte er, dass sie feucht waren. Feucht, warm und klebrig. Sie hatten eine klaffende Wunde berührt.

Hinter sich hörte er Schritte. Allein er hatte nicht mehr die Kraft, den Kopf zu drehen. Eine dünne, kalte Schnur legte sich um seinen Hals. Und dann wurde der Draht festgezogen – unbarmherzig und immer enger. Das Metall schnitt in sein Fleisch, jeder Schrei wurde erstickt. Lediglich ein einzelnes, seltsames Gurgeln entwich seiner Kehle.

Ihm wurde schwindelig, und in einem letzten klaren Moment wusste er, dass er sterben würde. Zahlreiche Todgeweihte hatte er auf ihrem Weg begleitet. Und jetzt, da er selbst an der Reihe war, fiel ihm kein einziges Wort des Trostes, nicht das kleinste Gebet ein. Er würde verenden, wie ein Schlachttier. Einsam und verlassen in der Gosse.

Sein Körper sackte zu Boden. In einem erfolglosen Versuch presste er die Hände an die Kehle. Er konnte das Blut nicht aufhalten, das ihm im Rhythmus seines Herzschlags aus dem Hals pulste.

Sein Angreifer stand über ihm. Er erkannte ihn. Dieser Mensch würde keine Gnade walten lassen.

Die Augen des Priesters begannen zu brechen, das Bild, das er vor sich sah, veränderte sich, und urplötzlich verschwammen die Umrisse des Mörders. Dann setzte eine Helligkeit ein, die das Gesicht, das zu ihm hinunter blickte, überdeutlich erstrahlen ließ. Es wurde plastisch, und er hatte den Eindruck, als würde er nicht in ein, sondern in zwei Gesichter sehen.

Eine Stimme ertönte. Sie sprach langsam und bedächtig. „Der Herr, der dich von Sünden befreit, rette dich, in seiner Gnade richte er dich auf." Er begriff, dass er selbst es war, der da redete. Doch er lauschte lediglich seinen eigenen Gedanken.

Ein brennender Schmerz bohrte sich durch sein Gehirn, löschte alles aus.

Der Priester war bereits tot, als sein Kopf auf den schneebedeckten Gehweg fiel.

1

Ich gab dem Taxifahrer einen Fünfzig-Euro-Schein und er suchte umständlich nach Wechselgeld, um mir herauszugeben. Ich konnte jetzt aber wirklich nicht die Geduld aufbringen, zu warten. „Passt so", sagte ich, öffnete die Tür und stieg aus dem Wagen.

Draußen erwartete mich eine schneidende Kälte. Die Temperatur war deutlich unter den Nullpunkt gesunken, mein Körper durch das lange Sitzen im Auto ausgekühlt. Die Tatsache, dass ich zu wenig geschlafen hatte, machte es auch nicht gerade besser. Ich fror.

Keine fünfzig Schritte entfernt beleuchteten leistungsstarke Scheinwerfer eine mir allzu vertraute Szenerie: Zwei Polizeiautos, ein Zivilfahrzeug, ein Krankenwagen. Leute von der Spurensuche bei der Arbeit. Weiter hinten eine Bahre, auf der ein mit Plastikfolie abgedeckter Körper lag.

Daneben stand ein großer, schlanker Mann, die Hände tief in den Manteltaschen, und beobachtete sein Team bei der Arbeit. Jetzt drehte er sich zu mir um, hob einen Arm, um mir zuzuwinken.

Ich folgte seiner Aufforderung und ging zu ihm hinüber.

„Dass Frauen immer Stunden brauchen, bis sie zu einem Date kommen."

„Ein Date früh um vier?", entgegnete ich. „Und auch noch mit deiner Wenigkeit? ...Vergiss es, Ralf."

Mein Sarkasmus perlte an ihm ab. „Leider konnte ich mir die Uhrzeit nicht aussuchen. Mörder halten sich nicht an geregelte Tagesabläufe, wie du dich vielleicht erinnerst."

„Vage, ganz vage", sagte ich.

„Aber inzwischen bist du wach." Ralf hielt mir eine Schachtel Marlboro hin, und fast war ich versucht, mir eine zu nehmen.

„Nein, danke. Ich habe aufgehört."

„Schon wieder?"

Ich zuckte mit den Schultern. „Diesmal werde ich sicher nicht rückfällig." Ich deutete in Richtung der Scheinwerfer: „Was ist da los?"

Widerwillig steckte Ralf die Zigaretten in seine Tasche zurück, seufzte leicht enttäuscht und meinte: „Ich habe gedacht, ich rufe dich gleich an."

„Brauchst du jetzt bei jedem Mordfall meine Hilfe? So ein mieser Ermittler bist du auch wieder nicht."

Ralf verzog das Gesicht. „Sehr lustig. Wirklich. Grandios. ...Ich hole dich nur, weil es sich bei dem Toten um einen Priester handelt. Nicht, dass ich deine Unterstützung wirklich bräuchte, aber du wirst dich über kurz oder lang sowieso einmischen, und dann ist es für uns beide bequemer, wenn du gleich mit von der Partie bist."

Ich verschränkte die Arme vor der Brust, um mich

gegen die Kälte zu schützen. „Ein Priester, hast du gesagt?"

Ralf öffnete umständlich seinen Mantel, langte in die Innentasche und förderte einen nagelneu wirkenden Notizblock ohne jegliche Gebrauchsspuren zutage. Er schlug ihn auf, drehte sich so, dass das Licht der Scheinwerfer auf das Papier fiel und las mir vor: „Pfarrer Sebastian Kupfer. Zweiundsechzig Jahre alt. Von einer hiesigen Gemeinde. Todeszeitpunkt vermutlich gegen elf Uhr nachts. Gefunden von einem Pärchen, dass diese dunkle Seitenstraße als Abkürzung benutzte, um schneller nach Hause zu kommen. … Na ja, daraus wurde wohl nichts." Ralf klappte den Block zu. „Mehr Infos habe ich noch nicht."

Ohne weiter auf ihn zu achten, ging ich näher an das Absperrband heran. Ralf folgte mir und wir sahen beide hinüber zu der Bahre, die gerade abtransportiert wurde. Die Beamten von der Spurensicherung waren damit beschäftigt, ihre Utensilien zusammenzupacken. Mitten auf dem festgetrampelten Schnee glänzte eine rötliche, unregelmäßige Fläche. Das Opfer hatte jede Menge Blut verloren.

„Hat man ihm die Kehle durchgeschnitten?", fragte ich.

Ralf schüttelte den Kopf. „War auch mein erster Gedanke. Aber der Mediziner tippt auf eine Art Drahtschlinge. Und zuvor hat man ihm einen spitzen Gegenstand - wahrscheinlich ein Stilett oder einen Eispickel - in den Unterleib gerammt."

„Das sieht nach der Handschrift eines Profis aus", sagte ich, um nach einer Weile hinzuzufügen: „Ein fürchterlicher Tod."

Ralf schnaubte verächtlich. „Kennst du eine Todesart, die angenehm ist? Ich nicht. …Sie bringen das

Opfer jetzt in die Pathologie. Sobald die Ergebnisse vorliegen, werde ich dich informieren."

„Hast du Weihnachtsgefühle?"

„Warum?"

„Weil du plötzlich ungewohnt zuvorkommend bist."

Ralf blickte auf seine Schuhe. „Eure Hilfe beim letzten Fall hat meiner Karriere nicht gerade geschadet."

„Ach. Trotzdem haben sie dich noch immer nicht befördert?"

„Na, du weißt doch, wie das beim Staat ist. Beamte brauchen Glück und einen langen Atem, um die Karriereleiter hinaufzuklettern."

Die Bahre mit dem Toten wurde an uns vorbeigeschoben und wieder abgestellt. Der Arzt wartete mit einem Polizisten auf den Krankenwagen, der rückwärts heranrollte. Ich vermied es, auf die abgedeckte Leiche zu blicken.

„Wo ist übrigens deine bessere Hälfte?", fragte Ralf.

„Paul?"

„Ja. Du wirst es mir vielleicht nicht glauben, aber ich finde ihn irgendwie sympathisch. Er fehlt mir richtig."

„Nicht nur dir", antwortete ich, ohne groß darüber nachzudenken, was ich da sagte.

„Das klingt, als gäbe es Streit in eurem kleinen Paradies?" Ralf versuchte spöttisch zu klingen, aber in seiner Stimme entdeckte ich doch etwas Ähnliches wie richtige Anteilnahme.

Meine Erwiderung fiel knapp aus. „Er hat sich eine Auszeit genommen."

„Das verstehe ich. Es dauert, bis man sich an unseren Job gewöhnt. …Willst du noch einen Blick auf das Opfer werfen?"

„Das kann ich in der Pathologie immer noch. Dort ist es nicht so kalt", log ich. In Wirklichkeit hatte ich Angst. Schreckliche Angst, die Plane hochzuheben und in die gebrochenen Augen eines toten Priesters zu blicken. Eine irrationale und unerklärliche Furcht erfüllte mich, als ob Paul dort leblos unter dem Plastik liegen würde.

Ich schauderte.

2

Prälat Ott betrachtete mich eingehend, dann bildeten sich kleine Fältchen um seine Augen und er lächelte. „Ich habe gestern mit der Kriminalpolizei geredet. Mit einem Oberkommissar Ralf Lambrecht. Und er hat mir versichert, dass die Ermittlungen im Fall Nicole Schneider mittlerweile eingestellt worden sind."

„Ach ja?", sagte ich und spielte die Unbeteiligte.

„Die Staatsanwaltschaft betrachtet den Fall als gelöst. Ich darf vielleicht hinzufügen, dass wir mehr als erleichtert waren, dass unsere Kirche in der Presse nicht in diesem Zusammenhang genannt wurde."

„Die Kirche hatte damit auch nichts zu tun."

„Das schon. Aber Sie wissen doch, wie schnell man ins Gerede kommt. Ehre, wem Ehre gebührt: Ihre Arbeit war wirklich Gold wert."

„Danke", erwiderte ich.

„Wird übrigens gegen Sie persönlich noch ermittelt? …Wegen dieses Unfalls …Sie wissen schon, bei dem der Pfleger – wie hieß er gleich? – ums Leben kam?“

„Petrowski. Markus Petrowski.“

„Sind die Behörden hier weiterhin aktiv?“

Es fiel mir leicht, den Kopf zu schütteln. „Dr. Pfister, der Klinikleiter, hat ausgesagt, dass sein Pfleger dafür bekannt war, sich nie anzuschnallen. Seitdem steht eindeutig fest, dass ich keine Schuld an seinem Tod hatte. Es war ein tragischer Unfall.“

Die Augen des Prälaten ruhten einen Moment länger als nötig auf mir, dann blickte er zur Seite. „Unfälle passieren. Dagegen kann man nichts tun.“

„Wie geht es eigentlich Dr. Pfister?“, fragte ich in die folgende Stille hinein.

„Gut“, beeilte sich Prälat Ott, zu versichern. „Es geht ihm wirklich gut. Vor allem, weil wir ihm die zusätzlichen Stellen bewilligen konnten, die er so dringend in seiner Klinik benötigte.“

Diesmal war ich an der Reihe, das Gesicht des Prälaten zu studieren. Es blieb ausdruckslos und glatt. Der alte Knabe verstand es, seine wahren Gefühle zu verbergen.

Er räusperte sich und schob mir einen Schnellhefter über den Schreibtisch entgegen. „Ihr neuer Fall. Informationen über Pfarrer Sebastian Kupfer.“

„Werde ich später lesen“, sagte ich. „Erzählen Sie mir doch zuerst, was Sie über ihn wissen.“

Der Prälat lehnte sich auf seinem Stuhl zurück und machte eine vage Geste mit der Hand. „Was soll ich Ihnen groß erzählen? Ich habe mir berichten lassen, dass er ein fähiger Mann war.“

„Aber?“

„Nichts aber. Er wollte lieber in seiner Gemeinde bleiben. Er ließ sich nicht gerne Vorschriften machen. Er war – wie sagt man so schön? – kantig.“

„Kantig?“, wiederholte ich.

„Sie wissen schon. Hatte eigene Ideen, verhielt sich Vorgesetzten gegenüber nicht immer unproblematisch. Aber in seiner Gemeinde war er äußerst beliebt. …Vor mehreren Jahren haben wir einmal versucht, ihn zu versetzen. Das hat einen solchen Sturm der Entrüstung unter seinen Schäfchen ausgelöst, dass wir unsere Entscheidung überdacht und dann rückgängig gemacht haben.“

„Schäfchen“, sagte ich mehr zu mir selbst.

Das Lächeln des Prälaten kam und verschwand wie von Zauberhand. „Ich meine natürlich die Mitglieder seiner Kirchengemeinde.“

„Selbstverständlich“, sagte ich. „Und Sie können sich keinen Grund vorstellen, warum ihn jemand auf derartig brutale Weise ermordet hat?“

Prälat Ott schüttelte den Kopf einen Tick zu schnell. „Nein. Das können wir überhaupt nicht verstehen. Pfarrer Kupfer war ein Vorbild von einem Seelsorger. Das, was ihm widerfahren ist, hat er auf keinen Fall verdient.“

Seine Antwort überzeugte mich nicht. Ich spürte, dass er mir nicht die ganze Wahrheit sagte. Aber jetzt schien mir nicht der richtige Zeitpunkt, das zu vertiefen.

Ich erhob mich, griff mir den Hefter und wollte gehen.

„Einen Moment noch“, bat mich der Prälat. Er öffnete eine seiner Schreibtischschubladen, griff hinein und legte ein Etui mit einem Autoschlüssel auf die Tischplatte.

Fragend blickte ich darauf.

„Wie mir Professor Satorius berichtet hat, hatte Ihr Wagen einen Totalschaden.“ Er beugte sich nach vorne und schob den Schlüssel weiter in meine Richtung. „Ein Toyota Avensis. Betrachten Sie ihn als Prämie. Er gehört Ihnen. Die Papiere finden Sie im Handschuhfach.“

Zögernd nahm ich den Schlüssel und steckte ihn in die Tasche. Erneut machte ich Anstalten, zu gehen, verharrte aber mitten in der Bewegung. Ich drehte mich zum Prälaten zurück, der mich aufmerksam musterte.

„Was gibt es?“, fragte er.

„Paul Wagner. Haben Sie Nachricht von ihm?“

Prälat Ott schüttelte bedächtig den Kopf. „Die Vorkommnisse der letzten Wochen scheinen Herrn Wagner sehr getroffen zu haben. Er befindet sich immer noch im Kloster und lehnt jeden Kontakt nach außen ab.“

„Das habe ich auch schon gehört“, meinte ich. Was mir der Prälat soeben gesagt hatte, war mir nicht neu. Mehrmals hatte ich in den vergangenen Wochen versucht, Paul im Kloster telefonisch zu erreichen. Und stets hatte man mich mit netten Worthülsen abgespeist. Kein einziges Mal hatte er mit mir gesprochen.

Der Prälat ließ sich mit einer Erwiderung Zeit. „Notfalls werden Sie den neuen Fall eben alleine untersuchen müssen. Ich bin überzeugt, das schaffen Sie.“

„Wir werden sehen“, sagte ich, bevor ich ihn endgültig verließ.

3

Ralfs Büro wirkte heute aufgeräumt, beinahe schon steril. Nirgends der kleinste Zettel oder auch nur die leiseste Andeutung von Unordnung. Offensichtlich arbeitete er stark an seinem Image. Ein erfolgreicher Beamter hatte alles im Griff. Besonders seinen Arbeitsplatz.

„Siehst du", sagte er, „hat mich meine Intuition doch nicht getäuscht. Kaum zwölf Stunden nach dem Mord sitzt du hier und ermittelst in dem Fall."

„Du bist eben ein richtiger Hellseher", konterte ich. „Und, bringt uns die pathologische Untersuchung weiter?"

Ralf deutete auf einen Ordner, der in einem exakten Neunzig-Grad-Winkel vor ihm auf der Tischplatte lag. „Allerlei wissenschaftliches Blabla, aber keine neuen Erkenntnisse. Dem Toten wurde zunächst eine Stichwunde zugefügt, anschließend… - na, das weißt du ja schon."

„Habt ihr einen Tatverdacht, oder eine Spur? Haben vielleicht die Aussagen des Pärchens, das die Leiche gefunden hat, etwas ergeben?“

Ralf seufzte. „Keine DNS am Tatort, keine Abdrücke, keine Augenzeugen. Nichts. Wir tappen im Dunkeln.“

„Das habe ich mir fast gedacht“, sagte ich. „Ich werde morgen als Erstes in die Kirchengemeinde fahren und mich dort umhören. Wer weiß - vielleicht ergibt sich ein Hinweis.“

„Und wir machen das dann wie immer: Sobald du etwas herausfindest, informierst du mich.“

Ich zuckte die Schultern. „Mit dieser Arbeitsteilung sind wir in letzter Zeit recht gut gefahren. …Also, warum nicht?“

„Allerdings“, Ralf zögerte und verschob den vor ihm liegenden Ordner, nur um ihn wieder exakt auszurichten, „…allerdings ist da noch etwas.“

Ich erwiderte nichts, sondern sah ihn nur abwartend an.

„Der Verstorbene, Pfarrer Kupfer, ist in der letzten Zeit von einer Journalistin begleitet worden.“

„Wieso denn das?“

„Die Reporterin arbeitet an einem Artikel über…“, Ralf rieb sich unschlüssig die Stirn, „…über irgendein religiöses Thema. Fanatismus, Sekten, oder so was in der Art. Und sie ist heute Vormittag hier erschienen und…“, er machte eine hilflose Handbewegung.

„Sie stellt Fragen“, führte ich seinen Satz weiter, „erkundigt sich, wie lange die Ermittlungen dauern, möchte über die Fortschritte deiner Untersuchung auf dem Laufenden gehalten werden.“

Ralf grinste schmerzhaft. „Du hast es erfasst. Sie ist mir regelrecht lästig.“

„Warum erzählst du mir das?“

„Na, ich dachte, weil ich die nervige Alte überhaupt nicht gebrauchen kann, könntest du dich ein bisschen mit ihr beschäftigen."

„Ich? Wie kommst du gerade auf mich?"

„Diese Journalistin ist von der Sorte, die anfängt, sich Sachen auszudenken, wenn sie nichts Konkretes findet. Und die veröffentlicht sie dann. Ich weiß nicht, ob deine Arbeitgeber über eine schlechte Publicity erfreut wären."

„Nein, wären sie natürlich nicht. Dennoch bin ich kein Kindermädchen für geltungssüchtige Schreiberlinge." Ich langte über die Tischplatte, zog einige farblich sortierte Stifte aus einem extra dafür aufgestellten Halter und begann, mit ihnen zu spielen.

Ralf ließ mich einige Zeit gewähren, dann sagte er: „Lass das!"

Ich hörte nicht auf, sondern meinte beiläufig: „Wenn du willst, dass ich mich um die Journalistin kümmere, musst du mich schon darum bitten." Ich öffnete meine Finger, und die Stifte, die ich darin gehalten hatte, rollten kreuz und quer über die Tischplatte.

Ralf ergriff mein Handgelenk, um mich zu stoppen. Sein Gesichtsausdruck sprach Bände. „Also gut. *Bitte…* Bitte kümmere dich um diese Nervensäge. Sie hat den Pfarrer allem Anschein nach ziemlich lange begleitet. Vielleicht ist ihr etwas aufgefallen und sie kann dir sogar weiterhelfen."

Ich befreite mich aus seinem Griff. „Das ist doch mal ein Argument. Du schuldest mir einen Gefallen." Ich erhob mich, beobachtete Ralf, wie er seine Stifte aufsammelte und einen nach dem anderen sorgfältig in den Halter zurücksortierte.

„Wo finde ich die Reporterin und wie ist ihr

Name?“, fragte ich, als er fertig war.

Ralf blickte zu mir auf und in seinen Augen funkelte ein kleiner Triumph. „Die Reporterin heißt Daria Agulescu. Sie wartet draußen im Zimmer der Sekretärin auf dich. …Und du weißt schon, das mit meinen Stiften…“

„Klar“, sagte ich. „Du bist nicht zwanghaft. Du willst lediglich befördert werden.“

Bevor er etwas antworten konnte, hatte ich die Tür hinter mir geschlossen.

4

Das Zimmer von Ralfs Sekretärin lag schräg gegenüber des Flures. Davor befanden sich einige graue Plastikstühle. Sie wirkten wie Autositze, die man mit überdimensionalen Schrauben am Boden befestigt hatte. Eine Frau um die Vierzig hatte es sich darauf bequem gemacht und sah erwartungsvoll in meine Richtung. Ich zwang mich zu einem Lächeln, ging zu ihr und streckte meine Hand aus.

„Ich bin Anne Steinbach. Sie müssen Frau Agulescu sein."

Mit ernster Miene erhob sie sich. Sie war größer als ich, ihr halblanges, dunkles Haar mit einzelnen silbernen Fäden durchzogen. Ihr Handgriff fiel kräftig und bestimmt aus, sicher trieb sie regelmäßig Sport. Ich tippte auf Tennis.

„Danke, dass Sie Zeit für mich finden", sagte sie.

„Wie mir Herr Lamprecht soeben berichtet hat", erwiderte ich, „haben Sie Pfarrer Kupfer in letzter Zeit bei seiner Arbeit beobachten dürfen?"

„Ja. Ich schreibe an einer Reportage über das Sektenmilieu. Es war ein vollkommener Schock für mich, als ich erfuhr, dass Herr Kupfer einem Mord zum Opfer gefallen ist.“

Ich nickte verständnisvoll. „Ich kann Ihnen versprechen, dass ich alles tun werde, um den Täter seiner gerechten Strafe zuzuführen.“

Frau Agulescu ließ sich mit der Erwiderung Zeit. „Das hört sich natürlich vielversprechend an. Aber…“

„Aber was?“

„Mich wundert es, dass Sie keinen Partner haben. Es wird nicht einfach werden, wenn Sie der Sache alleine nachgehen müssen.“

Ich bemühte mich, so unverfänglich wie möglich zu antworten. „Selbstverständlich habe ich einen Partner. Der macht nur gerade Urlaub.“ Und nach einer Weile fügte ich „Wellness“ hinzu.

Die Journalistin gab sich den Anschein, zu verstehen, was ich meinte. Mir war der Verlauf des Gespräches aber alles andere als angenehm. Deshalb lenkte ich ab: „Haben Sie vielleicht mitbekommen, dass Pfarrer Kupfer bedroht wurde? Oder können Sie sich jetzt im Nachhinein das Verbrechen erklären?“

„Nein.“ Frau Agulescu schüttelte den Kopf. „Der Pfarrer war in der gesamten Gemeinde äußerst beliebt. Ich kann mir nicht vorstellen, dass jemand irgendeinen Groll gegen ihn hegte.“

Schritte erklangen hinter uns, und als ich mich nach deren Ursprung umdrehte, sah ich zwei Polizeibeamte, die einen Mann in Handschellen zwischen sich führten. Ein Verdächtiger, der zu einer Befragung gebracht wurde. Tausende Male hatte ich ähnliche Szenen beobachtet.

Der Gefesselte war schlank, fast zierlich, hatte schmale Schultern und wirkte vollkommen seinem Schicksal ergeben. Allein in seinen Augen glomm ein kaum verborgenes Feuer. Ich kannte diese Anzeichen. Er war kurz davor, auszurasten.

Die Beamten, die ihn begleiteten, waren noch jung, beide keine fünfundzwanzig. Ein Polizist und eine Polizistin. Sie waren sicher top, wenn es darum ging, einen Verkehrsunfall aufzunehmen. Aber ich bezweifelte stark, ob sie mit einem Gewaltverbrecher zurechtkommen würden.

Im Moment schienen sie die Situation jedoch vollkommen unter Kontrolle zu haben. Sie klopften an eine Tür. Eine von Ralfs Kolleginnen öffnete, ließ sie eintreten und sie verschwanden in dem Raum.

Ich merkte, dass ich abgelenkt gewesen war und nicht darauf geachtet hatte, was mir Frau Agulescu soeben erzählte. Ich nahm lediglich ihre letzten Worte bewusst wahr: „…Sie zu begleiten“, endete sie.

Ich riss meine Augen vom Vernehmungszimmer los und fixierte mein Gegenüber, als wäre sie im Moment die wichtigste Person in meinem Leben. „Oberkommissar Lambrecht hat mich schon darauf vorbereitet, dass Sie eventuell Interesse an meinen Untersuchungen hätten. Wenn Sie wollen, nehme ich Sie morgen mit. Wir können uns um zehn vor der Kirchengemeinde treffen.“

Die Journalistin machte keinerlei Anstalten, sich etwas zu notieren. Sie blickte mich nur weiter unverwandt an. Schließlich sagte sie: „Schön. Dann sehen wir uns morgen.“

„Abgemacht“, bestätigte ich. „Aber ich muss Sie warnen. Meine Arbeit stellt sich alles andere als spektakulär dar.“

„Wirklich?“

„Leider. Befragungen, Überprüfen von Aussagen, Aktenrecherche. Lauter langweiliges Zeug. …Eben der triste Alltag einer Ermittlerin.“

Frau Agulescu verzog ansatzweise ihr Gesicht. Insgesamt gewann ich mehr und mehr den Eindruck, dass sie zu der Sorte von Menschen gehörte, die nur wenig Emotionen zeigen, weil sie schlichtweg nur wenige haben.

„Sie würden sich wundern. Als Reporterin sind mir derartige Routinearbeiten vollkommen vertraut. Superman und Lois Lane gibt es nur in Comics“, erklärte sie.

Bevor ich etwas antworten konnte, hörte ich laute Stimmen. Es klang, als würde jemand schreien. Dann ertönte ein dumpfes Krachen. Es ähnelte dem Geräusch eines umfallenden Möbelstückes. Meine Rechte kroch unter die Jacke zu der Waffe in meinem Rücken. Meine Finger wollten sich gerade um den Hartgummigriff legen, als die Tür zum Vernehmungszimmer aufgestoßen wurde und die junge Polizistin auf den Gang trat. Ihre Augen waren weit aufgerissen, die rechte Gesichtsseite gerötet. Ihr Holster war leer und das hatte seinen guten Grund. Die Dienstwaffe wurde ihr von unten gegen das Kinn gedrückt, von dem unscheinbaren Kerl, den sie vorhin so selbstverständlich abgeführt hatte.

Durch die nun offene Tür des Vernehmungsraumes erkannte ich einen umgestoßenen Schreibtisch, davor die leblosen Beine des Polizisten. Die Vernehmungsbeamtin konnte ich nicht ausmachen.

„Alle aus dem Weg! Oder ich blase der dummen Schlampe das Hirn aus dem Schädel!“, zischte der schmächtige Typ und seine Augen verrieten mir, dass er gewillt war, genau das zu tun.

Die Polizistin setzte sich in Bewegung, der Verdächtige presste sich von hinten an sie und marschierte im Gleichschritt mit ihr mit. Als er beinahe auf unserer Höhe war, lehnte ich mich an die Wand, um beide vorbeizulassen.

Das Gesicht der Beamtin war angstverzerrt, sie röchelte nach Luft. Der Verbrecher hatte beide Arme um sie gelegt, seine Handgelenke waren noch immer gefesselt, und die Mündung der Pistole bohrte sich weiterhin tief in ihre Kehle.

„Glotz nicht so blöd!“, fuhr mich der Kerl an.

Ich hob meine Arme angewinkelt bis auf Schulterhöhe, um ihm als Zeichen meiner Harmlosigkeit die leeren Handflächen zu zeigen. Der Typ schnaubte verächtlich, gab der Polizistin einen Stoß und sie stolperten weiter Richtung Ausgang.

Als er mich gerade passiert hatte, trat ich ihm in eine seiner Kniekehlen, schlug fast gleichzeitig mit der Linken vor, erwischte den Lauf der Pistole und drehte sie ihm aus den Fingern.

Für einige Sekunden konnten wir uns noch halten, dann stürzten wir alle drei zu Boden. Ich hielt jetzt die Waffe und schleuderte sie mit einer entschiedenen Bewegung so weit weg, wie ich konnte. Schlitternd tanzte sie über das Linoleum.

Der Verbrecher ließ die Beamtin für einen Augenblick los, um nach oben zu langen. Eine seiner Hände legte sich auf ihre Stirn, die andere presste gegen ihren Hinterkopf. Ich verstand sofort, was er beabsichtigte: Er wollte ihr das Genick brechen.

Die gespannte Stahlkette seiner Fesseln grub sich tief in das Fleisch ihrer Wangen. Sie schrie vor Schmerz auf, als er damit begann, Druck auszuüben und ihren Kopf ruckartig zur Seite zu reißen. Ich versuchte krampfhaft, ihn davon abzuhalten, indem ich mich mit meinem ganzen Gewicht an seine Arme klammerte. Für einige Sekunden hörte ich nur das laute Rauschen des eigenen Herzschlags in meinen Ohren und spürte seine heftigen Bewegungen.

Der Typ trat nach mir. Er traf und ein beißender Schmerz durchzuckte mich. Ich hob meinen rechten Arm und ließ die Handkante mit aller Kraft auf ihn niedersausen. Wieder und noch einmal – bis mein Arm festgehalten wurde und ich wie von Ferne eine Stimme hörte: „Anne, es reicht!"

Ich erkannte Ralf und wollte mich von ihm befreien. Ich musste das beenden. Der Angreifer bewegte sich noch.

Ich wurde von mehreren Händen gepackt, die mich zurückzogen und hochzerrten. Ich holte tief Luft. Nur langsam beruhigte ich mich und nahm meine Umgebung bewusst wahr. Die Polizistin hockte benommen am Boden. Zwei Beamte hatten den Angreifer inzwischen überwältigt, knieten auf seinem Rücken und fixierten ihn. Ich hatte ihm die Nase gebrochen, das Linoleum war blutverschmiert.

„Geht es wieder?", fragte Ralf.

Erneut atmete ich tief ein, um danach zu nicken.

„Wirklich?"

„Ja", erwiderte ich gepresst. „Bringt diesen Mistkerl endlich weg und kümmert euch um das Mädchen." Mit dem Kopf wies ich auf die verletzte Beamtin.

„Und ich kann dich jetzt loslassen?"

Ich riss mich mit einem Ruck von ihm frei. „Klar doch. Alles paletti."

Ralf musterte mich noch einige Sekunden. Dann

erst wandte er sich ab und befahl seinen Kollegen, den *Müll* vom Gang zu räumen. Er selbst half der Polizistin auf die Beine.

Ich drehte mich um und sah in die ruhigen Augen von Frau Agulescu. „Meinten Sie das gerade mit der Umschreibung *ereignisloser Alltag*?“, fragte sie. Sie wirkte kühl, unbeteiligt und in keinster Weise erschrocken über das, was sie gerade beobachtet hatte.

„Das kommt in den besten Familien vor“, sagte ich und versuchte zu grinsen.

Der Ausdruck in Frau Agulescus Gesicht veränderte sich nicht im Geringsten. Sie war wirklich kalt wie Eis.

5

Ich wartete darauf, dass die Ampel auf Grün umsprang. Die Dunkelheit hatte sich bereits herabgesenkt und ein kalter Eisregen klopfte sacht an die Windschutzscheibe meines nagelneuen Toyotas. Das Gebläse arbeitete auf Hochtouren und die kleinen Kristalle schmolzen sofort, wenn sie mit dem Glas in Berührung kamen. Lange silberne Tränen rannen herab, bis die Scheibenwischer sie energisch verscheuchten.

Auf den Gehsteigen duckten sich die Passanten tief hinter ihren Schirmen und kämpften sich tapfer durch den Wind. An den Häusern leuchteten vereinzelt weihnachtliche Dekorationen. Bis zum Fest war es nicht mehr weit.

Ich blickte nach rechts auf den Beifahrersitz – dort, wo für gewöhnlich Paul saß. Ich war alleine.

Grün. Ich legte den ersten Gang ein, fuhr an und bog nach kurzer Zeit in eine Nebenstraße. Mein Stellplatz vor Satorius' und Lorenzos Haus war leer. Ich parkte, griff mir die Akten, die ich vom Prälaten und von Ralf erhalten hatte, und stieg aus.

So ein Funkschlüssel war wirklich eine schicke Sache. Ich betätigte ihn, die Blinker leuchteten wie zum Abschied auf, es surrte, und der Toyota war verschlossen.

Albernes, neumodisches Zeug.

Ich stieg die Treppen zum Eingang empor, öffnete und trat ein. Wärme und der Geruch nach Plätzchen empfing mich. Lorenzo liebte die Adventszeit. Kein Tag verging, an dem er uns nicht mit einem besonderen Gebäck verwöhnte.

Nachdem ich meine Daunenjacke an die Garderobe gehängt hatte, durchquerte ich das Wohnzimmer in Richtung Wintergarten. Lorenzo grüßte mich flüchtig, als ich an der Küche vorbeikam. Er schien wieder einmal voll und ganz in seinem Element als Gourmetkoch aufzugehen.

Satorius stand mit dem Rollstuhl an seinem Stammplatz - nur dass er diesmal nicht seinen Laptop offen hatte, sondern er las eine Zeitung. *Le Figaro* konnte ich entziffern. Natürlich, er sprach auch Französisch.

„Guten Abend“, sagte er, legte seine Lektüre achtlos ab und warf mir ein herzliches Willkommenslächeln zu. „Was bringst du nur für ein scheußliches Wetter mit. Ich würde dir ja Tee anbieten, aber…“

„Ich rühre das Zeug nicht mehr an“, fiel ich ihm ins Wort.

„Kann ich verstehen“, sagte er.

Ich setzte mich in einen der Korbstühle ihm gegenüber und für eine Zeitlang schwiegen wir. Schließlich platzierte ich die beiden Hefter auf den Tisch und schob sie in seine Richtung.

„Dein neuer Fall?“ Er schielte auf die Akten und versuchte dabei, seine Neugierde zu verbergen.

Ich musste unwillkürlich lächeln. Dann wurde ich ernst. „Ein Pfarrer aus einer der hiesigen Gemeinden. Er ist ermordet worden.“

Satorius warf mir einen fragenden Blick zu und ich machte eine aufmunternde Handbewegung. „Sieh dir die Unterlagen ruhig an. Dafür habe ich sie mitgebracht.“

Satorius griff sich als Erstes den Schnellhefter, den mir Ralf überlassen hatte. Er schlug den gelben Einband zurück, nahm die Bilder vom Tatort heraus und studierte sie mit konzentrierter Miene. Schließlich stockte er, rückte seine Lesebrille zurecht und beugte seinen Kopf ganz nahe über die Fotografien. „Drahtschlinge, vermute ich.“

Ich war überrascht. „Das kannst du erkennen?“

Satorius sah nicht auf, während er mir antwortete. „Das gab es früher häufiger.“ Er verschloss den Hefter mit großer Sorgfalt, vermied noch immer den Blickkontakt mit mir, um nachzusetzen. „Eine sehr effektive Tötungsart, wenn auch extrem grausam und schmerzhaft.“

Bevor ich ihm antworten konnte, wandte er sich der kirchlichen Personalakte zu. „Hast du die schon durchgesehen?“

„Ja, natürlich. Lauter langweiliges Zeug. Studienfächer, Noten und so was. Auch Unterlagen über seine Krankheitstage. Aber nichts wirklich Interessantes.“

„Warte mal“, sagte Satorius. „Vielleicht finde ich etwas.“ Er begann zu lesen, blätterte um und vertiefte sich in die nächste Seite. Ich kam allmählich zur Ruhe, ließ meine Augen durch den Raum wandern und blickte nach außen in den Garten. Das Laub war schon längst von den Bäumen verschwunden, kahle Äste ragten in den dunklen Himmel. Der Wind hatte zugenommen, und die Eistropfen pochten wie kleine Sandkörner an die dreifach verglasten Scheiben. Ich saß in der Wärme und sah hinaus, dorthin, wo es kalt und ungemütlich war. Ein gutes Gefühl.

Geräuschvoll legte Satorius den Ordner zurück auf den Tisch.

„Bist du fündig geworden?“, fragte ich.

„Nein. Eigentlich nicht.“

„Eigentlich?“

„Nun ja. Scheint eine ganz normale Personalakte zu sein.“

„Scheint?“

Satorius lächelte über meine Hartnäckigkeit. „Wie du gesagt hast. Nichts Außergewöhnliches. Alles ist bestens belegt und geordnet.“

„Komm schon Prof. Mach es nicht so spannend!“

„Nun, es gibt einen Vermerk, aus dem hervorgeht, dass Pfarrer Kupfer die Funktion eines Sektenbeauftragten inne hatte. Jedoch gibt es keinerlei weitere Informationen, Zusätze oder Vermerke zu seiner diesbezüglichen Tätigkeit.“

„Und das hat etwas zu bedeuten?“

Satorius zuckte mit den Schultern. „Könnte sein. Vielleicht ist es aber auch ohne jeden Belang. Ich weiß es nicht.“

Lorenzo kam herein und stellte ein großes Tablett neben Zeitung und Unterlagen. Ein wahrhaft himmlischer Duft stieg mir in die Nase.

„Was ist es denn diesmal?“, fragte ich.

„Für dich ein Kaffee, mia cara. Und dann habe ich Pistazienplätzchen gebacken. Mit Amaretto. Nur ein kleiner Schuss, aber ich glaube, ihr werdet den Geschmack mögen." Er setzte sich zu uns, goss sich vom Tee ein und wir alle probierten die Plätzchen.

„Und?", erkundigte sich Lorenzo ungeduldig.

„Traumhaft", lobte ich ihn.

Zufrieden lehnte er sich zurück und nippte an seiner Tasse, die er in beiden Händen hielt. Sein Blick fiel auf die Akten. „Du hast einen neuen Fall, Anne?"

„Ja. …Obwohl ich zurzeit alleine arbeiten muss", entfuhr es mir.

Lorenzo setzte seinen Becher ab und wischte sich unentschlossen mit dem Zeigefinger über die Lippen.

„Habt ihr etwas von Paul gehört?", fragte ich in die Stille.

Lorenzo seufzte. „Wir haben seit Wochen kein Lebenszeichen von ihm erhalten, mia cara."

Ich sah in meinen Kaffee und beobachtete, wie sich das Licht in der leicht schaukelnden schwarzen Oberfläche spiegelte.

„Welche Entscheidung Paul treffen wird, kann man nie wissen", meinte Satorius, und als ich aufblickte, hielten mich seine blauen Augen fest. „Lorenzo und ich kennen ihn seit vielen Jahren. Seine Reaktionen sind absolut unvorhersehbar… Und wenn man ihn bedrängt, bewirkt das gar nichts. Wir werden einfach warten müssen, bis er sich rührt."

6

Der frühmorgendliche Berufsverkehr hatte sich nahezu aufgelöst, als ich meinen Wagen vor der Verwaltung der Kirchengemeinde abstellte. Frau Agulescu wartete unbeweglich in der Nähe des Eingangs und blickte angestrengt in meine Richtung. Allem Anschein nach hatte sie keine guten Augen. Erst als ich meine Hand hob und winkte, drehte sie sich vollends zu mir und gab mir zögerlich, dann nahezu überschwänglich, meinen Gruß zurück.

„Jetzt hätte ich Sie beinahe nicht erkannt!", rief sie mir entgegen. „Ich bin wirklich halb blind, wenn ich keine Brille aufhabe."

„Sind Sie schon lange hier?", fragte ich, als ich bei ihr angelangt war.

„Nicht wirklich", meinte sie, um anzufügen: „Ich weiß, zehn Uhr war ausgemacht, aber ich komme immer gerne einige Minuten früher. …Um nicht zu spät zu kommen… Verstehen Sie?" Sie lachte.

Ich musste auch lachen. Sie schien heute besserer

Laune zu sein, als am Vortag. *Vermutlich ist sie nur schüchtern* – dachte ich mir.

„Wie wollen wir das jetzt handhaben?“, fragte ich. „Sie kennen doch sicher die Mitarbeiter der Kirchenverwaltung. Sie könnten mir bei der Befragung helfen.“

Das Lächeln in ihrem Gesicht wurde tatsächlich noch breiter, dabei aber auch ein wenig verlegen. „Nein, lieber nicht. Ich denke, das übernehmen besser Sie. Ich wüsste wirklich nicht, wie ich vorgehen sollte. Ich halte mich lieber zurück.“

Für eine Journalistin erschien mir diese Einstellung gelinde gesagt seltsam, aber Frau Agulescus Art war heute richtiggehend sympathisch und außerdem war ich insgeheim froh, freie Hand zu haben und die Sache so angehen zu können, wie es mir passte.

„Nun“, sagte ich deshalb, „dann wollen wir mal sehen, was wir erfahren können.“ Ohne ihre Antwort abzuwarten, öffnete ich die Tür und betrat das Pfarrhaus. Links lag die verwaiste Wohnung von Pfarrer Kupfer, rechts prangte ein Schild mit der Aufschrift *Verwaltung*. Ich klopfte und wir gingen hinein.

Zwei abgenutzte Schreibtische, darauf PCs - nach deren Aussehen zu urteilen, vermutlich eine Firmenspende. Mehrere ältere Personen. Eine Frau bearbeitete die Tastatur, ein Mann war gerade damit beschäftigt, einen Kalender zu aktualisieren. Sobald wir eintraten, brach die Geschäftigkeit abrupt ab. Stille empfing uns und wir wurden ausgiebig gemustert.

„Hallo“, sagte ich in die Runde. „Mein Name ist Steinbach. Und Frau Agulescu muss ich Ihnen ja nicht vorstellen. Sie kennen sich.“

Niemand antwortete mir.

Ich bemühte mich, ein offenes Lächeln auf mein

Gesicht zu zaubern und fügte hinzu: „Das Dekanat hat Sie doch darüber informiert, dass ich komme?"

„Sie untersuchen den Tod von Pfarrer Kupfer." Ein grauhaariger Mitarbeiter trat zögernd nach vorne und streckte mir seine Hand entgegen. Ich schüttelte sie und meinte: „Ich hätte nicht gedacht, dass die Gemeinde eine so große Anzahl an Angestellten beschäftigt."

„Das ist ein Irrtum. Nur Frau Weber" – der Mann wies auf die Dame, die anfänglich am PC gearbeitet hatte und mich jetzt mit unverhohlener Neugierde anstarrte – „ist hier tatsächlich angestellt. Wir anderen sind ehrenamtlich tätig."

„Ehrenamtlich?", wiederholte ich. „Das ist doch schön."

„Ja", erwiderte er. „Wir sind eine große Gemeinde und da fällt viel Arbeit an. Frau Weber kann das ganze Pensum unmöglich alleine stemmen."

„Aha", sagte ich. Offensichtlich war der Grauhaarige der Sprecher der gesamten Gruppe, also wandte ich ihm meine volle Aufmerksamkeit zu.

„Sie sind Herr…?"

Frau Agulescu, die bislang geschwiegen hatte, mischte sich ein. „Herr Trümmberg ist der Gemeindevorstand, Frau Steinbach. Und wenn Sie es mir erlauben zu sagen, füllt er seine Funktion äußerst engagiert aus."

Herr Trümmberg wurde tatsächlich rot und begann zu strahlen. „Ich versuche nur, mein Bestes zu geben. …Aber Sie müssen wirklich entschuldigen. Wir haben noch nie einen…", er wollte offensichtlich Mord sagen, denn er verstummte.

„Ich verstehe", sagte ich.

Herr Trümmberg nahm mich am Arm und stellte

mir seine Mitstreiterinnen und Mitstreiter einen nach dem anderen vor. Eine Vielzahl von Namen prasselte auf mich ein. Ich schrieb sie gewissenhaft in meinen Block, machte auf wichtig, und nach einer Weile ließ die Spannung im Raum merklich nach.

„Sie alle kannten Herrn Pfarrer Kupfer gut?“, fragte ich.

Diesmal wurde mir mit einem stummen, allgemeinen Nicken geantwortet. Frau Weber räusperte sich hinter ihrem Schreibtisch und verkrampfte ihre Hände ineinander. „Er war ein ganz außergewöhnlicher Mensch. Die Güte in Person.“

„Dann haben Sie keinerlei Vorstellung, warum ihn jemand hätte töten wollen?“

„Nein“, erwiderte Herr Trümmberg ohne zu zögern und die anderen beeilten sich, ihm mit eifrigem Kopfschütteln zu folgen. „Wir sind eine ganz normale Gemeinde. Jugendgruppen, Seniorentreffen, Studienfahrten, Ministrantenlager und gelegentlich sehr interessante und wirklich hochkarätig besetzte Vorträge zu religiösen Themen. Nirgends gibt es bei uns Probleme. Falls einmal ein kleines Missverständnis auftaucht, räumen wir das einvernehmlich aus der Welt.“

Ich machte ein Gesicht, als ob mir das Kirchenleben geläufig wäre. Insgeheim wünschte ich mir, jetzt Paul anstelle dieser Journalistin an meiner Seite zu haben. Er würde sofort verstehen, was diese Leutchen meinten und ob irgendetwas an ihren Aussagen nicht stimmte.

„Da scheint ja alles in bester Ordnung zu sein“, sagte ich lahm.

„Selbstverständlich“, bestätigte Herr Trümmberg.

„Neben seiner Tätigkeit in Ihrer Kirchengemeinde war Herr Pfarrer Kupfer auch Sektenbeauftragter.

Was hat er denn in dieser Funktion für Aufgaben wahrgenommen?“ Es war mir, als würde ein kalter Hauch durch das Zimmer ziehen. Eine eisige Stille folgte meinen Worten.

„Nichts“, antwortete Herr Trümmberg mit einer nahezu unmerklichen, zeitlichen Verzögerung.

„Was meinen Sie damit? Sektenbeauftragter war nur ein Titel?“

„Genau!“ Herr Trümmberg straffte seine Schultern. Seine Augen zuckten kurz nach oben und er mied meinen Blick. „Herr Kupfer war in dieser Beziehung eigentlich nicht wirklich aktiv. Vielleicht ist er einmal zu einem Vortrag gefahren, oder hat einen entsprechenden Artikel gelesen. Aber in unserer Gemeinde haben wir keine Berührungen mit irgendwelchen Sekten.“

Ich betrachtete ihn näher. Ganz eindeutig log er und das miserabel. Und noch etwas spürte ich sofort: Er hatte Angst und wollte um jeden Preis vermeiden, dass ich weiter nachfragte.

7

In Pfarrer Kupfers Wohnung roch es stickig. Allem Anschein nach hatte niemand seit seinem Ableben gelüftet. Ein spartanisch eingerichtetes Wohnzimmer ohne jeden Schmuck, nur ein einfaches Kreuz an der Wand. Der Fernseher mochte gut und gerne seine zwanzig Jahre auf dem Buckel haben.

Herr Trümmberg stand mit verschränkten Armen neben dem Fenster und beobachtete sichtlich nervös, wie ich mich in dem Raum umsah. Auf einem schmucklosen Regal lagen einige Bücher neueren Datums. Sie wirkten stark gelesen.

Frau Agulescu verfolgte jeden meiner Schritte. Sie hielt eine Kamera in der Hand, den Finger auf dem Auslöser.

„Sie wollen doch hier keine Fotos machen?“, sagte ich zu ihr.

„Ich denke, für meinen Artikel wäre es schön zu zeigen, wie Sie arbeiten“, erwiderte sie mit einem verschmitzten Ausdruck. „Sie wissen schon, eine richtige

Detektivin in Aktion."

Entschieden schüttelte ich den Kopf. „Auf gar keinen Fall. Keine Bilder von mir."

Frau Agulescu setzte zu einer Erwiderung an, aber als sie meinen entschlossenen Gesichtsausdruck bemerkte, verstummte sie und nahm ihren Finger vom Auslöser. Die Kamera behielt sie aber weiterhin in der Hand.

Das Schlafzimmer war ebenso schlicht, wie der Rest der Wohnung. Ein einzelnes Bett, sauber zurechtgemacht. Eine kleine Leselampe und zwei Bücher auf dem Nachttisch. Eine Art Bibel und eine Abhandlung über Sekten. Der schmale Kleiderschrank beinhaltete einen dunklen Trenchcoat, zwei alte, wenn auch saubere Anzüge, drei, vier Hemden, Unterwäsche. Sonst nichts.

„Herr Pfarrer Kupfer besaß nicht viel", meinte ich an Herrn Trümmberg gerichtet.

Der hob wie entschuldigend seine Schultern: „Unser Pfarrer legte keinen Wert auf weltliche Dinge. Das Einzige, was für ihn zählte, war seine Gemeinde und alle Menschen, die …", er wollte etwas hinzufügen, biss sich stattdessen auf die Lippen und beendete seinen Satz nicht.

Ich betrachtete ihn abwartend, ob er nicht doch noch etwas sagen würde, und rätselte erneut, was es wohl sein könnte, was dieser Mann mir so beharrlich verschwieg.

Wir wandten uns wieder dem Wohnzimmer zu. Im Vorbeigehen las ich die Titel der Bücher in dem kleinen Sideboard: Erneut wissenschaftliche, soziologische Abhandlungen über Sekten und andere außerkirchliche Organisationen. Das Thema schien den Pfarrer wirklich sehr interessiert zu haben. Ich konnte mir beim besten Willen nicht vorstellen, dass Pfarrer Kupfer die Bezeichnung *Sektenbeauftragter* nur als Titel getragen hatte. Dieser Mann hatte sich mehr als nur oberflächlich mit der Problematik beschäftigt.

Ich wollte Herrn Trümmberg gerade danach fragen, als mein Blick nach außen durch das Fenster fiel. Ich sah einen jungen, schlanken Mann, dunkel gekleidet, der auf das Pfarrhaus zukam. Für einen Augenblick schlug mein Herz wie rasend, bis ich erkannte, dass es nicht Paul war, der sich da näherte.

Herr Trümmberg war meinem Blick gefolgt. „Das ist Kaplan Schramm. Er ist der Ersatz für Pfarrer Kupfer. Soll ich ihn zu uns rufen? Vielleicht wollen Sie ihn auch befragen?“

„Nein danke“, sagte ich, die Enttäuschung und Traurigkeit ignorierend, die sich in mir breit gemacht hatten. „Ich glaube, ich bin hier fertig.“

8

Der Kellner räumte unsere benutzten Teller auf ein Tablett und stellte vor mich und Frau Agulescu jeweils eine Tasse Kaffee. Die Journalistin trank einen gezuckerten Cappuccino. Ich bevorzugte meinen Kaffee schwarz und ungesüßt.

Wir waren fast die einzigen Gäste in dem kleinen Café und hatten uns einen guten Platz in einer Nische nahe der Heizung gesucht.

„Ist Ihnen das auch aufgefallen?“, begann ich.

Frau Agulescu blies in ihren Becher, während sie mich ansah.

„Die sagen alle nicht die Wahrheit… Jedenfalls nicht die ganze.“

Frau Agulescu stellte ihre Tasse zurück und machte es sich auf ihrem Sitz bequemer. „Das ist selbst mir nicht entgangen.“

„Sobald ich sie auf diese Sektensache angesprochen habe, bekam ich nur noch Ausflüchte zu hören und keine einzige, verwertbare Information.“

Frau Agulescu schüttete noch etwas Zucker in ihre Tasse und rührte gedankenverloren darin herum. „Das ist durchaus verständlich."

„Ja? Meinen Sie?", fragte ich. Und als sie mir nicht antwortete, fügte ich hinzu: „Natürlich wissen Sie Näheres. Sie haben Pfarrer Kupfer längere Zeit begleitet. Sie werden selbstverständlich im Bilde sein, was da wirklich los ist."

Frau Agulescu seufzte, trank von ihrem Cappuccino und wischte sich mit ihrer Serviette über die Lippen. „Pfarrer Kupfer war als Sektenbeauftragter sehr aktiv. Sonst hätte ich ja auch keinen Grund gehabt, ihn zu kontaktieren." Sie legte eine Pause ein. „Sein besonderes Augenmerk galt den Aussteigern. Allerdings hat er sein Engagement nicht an die große Glocke gehängt. Sekten können durchaus gefährlich werden. Ich habe ihm deshalb auch versprechen müssen, dass ich seinen Namen und seine Gemeinde heraushalte und meine Reportage anonymisiere."

„Und das hätten Sie gemacht? …Ich meine, ihn herauszuhalten?"

Frau Agulescu nickte ernsthaft und eifrig zugleich. „Ich bin an Sekten selbst interessiert. Ich beschäftige mich in meiner Reportage mit dem, was sie ihren Mitgliedern antun. Ich will die despotischen Strukturen aufzeigen, die dort herrschen."

„Und Pfarrer Kupfer kannte sich in der Szene aus?"

Erneut dieses ernsthafte Nicken von Frau Agulescu. „Und wie. Er hatte jahrelange Erfahrungen auf dem Gebiet." Sie verstummte, musterte mich verstohlen, bevor sie schließlich tief Luft holte. „Sie haben doch diesen Herrn Trümmberg gesehen."

„Was soll mit dem sein?"

„Er ist äußerst vermögend. Er hat Herrn Kupfer Geld und ein komplettes Haus zur Verfügung gestellt. Das nutzte der Pfarrer, um darin ehemalige Mitglieder von Sekten unterzubringen und zu betreuen, bis sie soweit waren, wieder Fuß im Leben zu fassen."

„Aber wieso wird das verheimlicht? Aus Angst vor irgendwelchen Racheakten?"

Frau Agulescu lächelte mild, bevor sie den Kopf schüttelte. „Nein. Dafür gibt es einen viel profaneren Grund. Soweit ich mitbekommen habe, liefen die Spenden nie ihren geordneten Weg über die Kirche, die sonst einen Teil davon einbehalten hätte. Das gesamte Geld floss stattdessen direkt und ohne jede Bürokratie in das Projekt. Hätte die Kirchenobrigkeit davon erfahren, hätte das Schwierigkeiten für den Pfarrer nach sich gezogen. Seine Vorgesetzten gingen davon aus, dass er nur über die Gelder verfügte, die ihm auch offiziell zugeteilt wurden. Die hätten aber niemals für ein Projekt dieser Größenordnung ausgereicht."

„Und die ganzen Ehrenamtlichen decken und schützen ihn? Da weiß jeder Bescheid?"

Frau Agulescu verzog leicht unschlüssig ihren Mund. „Soweit ich beobachten konnte, war Pfarrer Kupfer wirklich sehr beliebt in seiner Gemeinde."

Ich fühlte, dass sie mir nicht alles sagte. „Sie kennen diesen halb illegalen Zufluchtsort. Ich meine das Haus, das Pfarrer Kupfer betrieben hat."

Ohne den Blick abzuwenden, griff Frau Agulescu in ihre Jacke, holte einen zusammengefalteten Zettel heraus und legte ihn direkt vor mir auf den Tisch.

„Was ist das?", sagte ich.

„Die Adresse."

„Sie haben gewusst, dass ich Sie danach fragen

würde?“

Um ihren Mund bildeten sich kleine Falten. Sie lächelte ihr verschmitztes Lächeln. „Ich hatte so eine Ahnung.“

9

Ich stellte meinen Toyota auf dem Parkplatz eines Supermarktes ab. In den letzten Jahren hatte man hier wie aus dem Nichts ein Gewerbegebiet aus dem Boden gestampft. Eine schmale Zufahrt war zwischen einem Lagerhaus und einem Autohändler übrig geblieben. Ich folgte der engen Straße, bis ich an ein schlichtes, aber hohes Tor aus Stahldraht gelangte. Ich versuchte den Türgriff, doch er gab nicht nach.

Weiter hinten konnte ich ein rotes Backsteinhaus erkennen. Offensichtlich eine Fabrikantenvilla aus den zwanziger Jahren. Frau Agulescu hatte mir den Weg ganz exakt beschrieben.

Sie selbst hatte mich aus terminlichen Gründen nicht begleiten können. Also stand ich jetzt alleine hier und überlegte, wie es mir gelingen würde, auf das Grundstück zu kommen.

Ich steckte meine Finger durch die kalten Maschen aus Metall, beugte meinen Kopf vor und versuchte, ein Zeichen von Leben auszumachen. Nichts. Aber der Schornstein qualmte. Offensichtlich wurde geheizt.

Ich vernahm Schritte hinter mir, die langsam aber stetig näher kamen. Ich drehte mich um.

Graublaue, ruhige Augen. Dunkle, kurzgeschnittene Haare.

Paul.

„Hallo“, sagte ich und ignorierte meinen inneren Aufruhr so gut es ging.

Paul nickte wortlos und trat dicht neben mich, um - ebenso wie ich es soeben getan hatte - auf das weit zurückliegende Gebäude zu spähen.

Ich hatte nur Augen für ihn.

„Darf ich fragen, was du hier machst?“, hörte ich mich sagen. „Ich habe gedacht, du bist im Kloster.“ Ohne auf seine Antwort zu warten, plapperte ich weiter: „Was macht ihr da eigentlich den ganzen Tag? Beten, singen und Bier trinken?“

Paul lachte kurz auf, aber sein Ausdruck blieb ernst, als er sich mir zuwandte. „Ich habe nachgedacht.“

„Nachgedacht“, wiederholte ich. „Fast vier Wochen lang?“

Paul nickte.

„Und, bist du zu einem Ergebnis gekommen?“

„Mir ist so einiges klar geworden“, erwiderte er, um nach einer Pause hinzuzufügen: „Ich bin mir jetzt sicher, dass diese Ermittlungen, die wir zusammen unternehmen, …dass die auch zu mir gehören.“

„Auch?“, fragte ich. Mein pochendes Herz bewirkte, dass ich leicht atemlos klang.

„Ja. Auch. …Ebenso, wie meine Arbeit als Priester.“

„Das, was mit dem Irren passiert ist, …Steffen

Rasmeier, …dass er gestorben ist, ist nicht mehr schlimm?“

Paul schüttelte langsam aber entschieden den Kopf. „Ich habe das sicher nicht so gewollt. Aber vielleicht war das alles Teil unserer Bestimmung.“

„Du weißt, ich glaube nicht an solchen Kram“, erwiderte ich. „…An ein höheres Wesen, das unsere Handlungen lenkt. Damit kann man sich nicht entschuldigen. Wir sind selbst für das verantwortlich, was wir tun.“

Paul fixierte mich eindringlich, bis ich zu Boden sah.

„Wie auch immer“, sagte er. „Der Tod von Steffen Rasmeier war unvermeidbar. Wenn ich nicht eingegriffen hätte, hätte er dich getötet. Und das hätte ich um keinen Preis der Welt zulassen können. Egal, welche Konsequenzen ich dafür später tragen muss.“

Ich schluckte. „Du fürchtest um dein Seelenheil?“

Er zuckte mit den Schultern. „Das tun wir doch alle.“

Ich gab meiner Stimme einen betont beiläufigen Klang: „Hast du auch über uns beide nachgedacht?“

Paul wandte seinen Kopf von mir ab und sah wieder in Richtung der alten Villa. „Jeden Tag.“

„Aha“, sagte ich. „Darf ich wissen, was du in dieser Beziehung beschlossen hast?“

Paul ließ sich Zeit mit der Antwort. „Darfst du nicht. Etwas Privatsphäre brauche ich auch.“

Seine Antwort trieb mir Tränen in die Augen. Ich räusperte mich, wollte etwas entgegnen, doch dann merkte ich, dass sich ein warmes Lächeln auf seinem Gesicht ausbreitete.

Seine nächste Frage erwischte mich kalt. „Na, hast du endlich herausgefunden, dass Pfarrer Kupfer dieses Haus für seine Sektenaussteiger benutzte?"

„Woher weißt denn du das?", stotterte ich wenig geistreich.

Paul lachte. In seinen Augen blitzte eine Spur von Übermut auf. „Jeder seiner Vorgesetzten war auf dem Laufenden, was dieses Asyl betrifft." Paul deutete auf das Backsteinhaus. „Es war auch allen bekannt, dass Herr Trümmberg einen beträchtlichen Teil seines Vermögens dafür einsetzt."

„Da hatte niemand etwas dagegen?", fragte ich verdutzt.

„Wie heißt es so schön? …Der Zweck heiligt die Mittel. Offiziell konnte man immer so tun, als hätte man keine Ahnung von dem, was sich hier abspielt. Man will ja keine Bezugsfälle schaffen. …Sonst würde jeder Pfarrer anfangen, seine Spenden direkt und ohne entsprechende Abgabe an die Kirche einzusetzen."

„Das klingt logisch", musste ich ihm nach kurzer Überlegung zustimmen. „Verdreht, konfus, aber logisch. …Eben typisch Kirche."

Paul zuckte wie entschuldigend mit den Schultern und ich fuhr fort: „Aber eins kannst du mir nicht sagen…" Ich klopfte mit der flachen Hand gegen das verschlossene Gittertor, „…wie wir reinkommen. Es gibt keine Klingel und die Tür ist versperrt."

Als Antwort griff Paul in die Innentasche seines dunklen Mantels, zog einen Zigarillo heraus und gab sich Feuer.

„Du meinst, wir sollen einfach so lange warten, bis irgendwann einmal jemand vorbeikommt? Das ist wirklich eine selten blöde Idee. Es ist Winter, weißt du? Minusgrade und so."

Paul nahm einen tiefen Lungenzug und obwohl er

sich bemühte, ein Pokerface aufzusetzen, erschien ein zufriedenes Grinsen auf seinem Gesicht. „Ich habe für drei Uhr einen Termin vereinbart. In fünf Minuten wird uns geöffnet."

10

Ein Surren ertönte, Paul drückte gegen die Metalltür und sie schwang auf. „Bitte nach Ihnen", sagte er und vollführte dazu noch eine übertrieben galante Handbewegung.

Ich ging nicht weiter auf seine Albernheiten ein, schritt durch das Tor, und Seite an Seite liefen wir zu der alten Villa.

Ein paar Stufen führten uns bis zum Eingang. Hier stand die schwere Holztür einen Spaltbreit offen. Im Inneren erwartete uns ein großzügiges Foyer. Die Fliesen am Boden wirkten matt und abgetreten. Der Stuck an den Wänden und an der Decke hätte durchaus wieder einmal ausgebessert werden müssen. Aber alles in allem handelte es sich immer noch um ein beeindruckendes Ensemble.

Eine breite Treppe führte in den ersten Stock, fahles Licht fiel durch großzügige Fenster. Zahlreiche Kübelpflanzen, ein in die Jahre gekommener Orientteppich, einige Kleinmöbel, denen man die aufwändige Handarbeit ansah, die aber jetzt verkratzt und vernachlässigt ihr Dasein fristeten.

Ein jüngerer Mann trat aus einem Nebenraum zu uns in das Foyer. Er trug Filzpantoffeln, eine bequeme Cordhose und einen groben Strickpulli. Seine kleinen Augen betrachteten uns aufmerksam durch eine rahmenlose Brille.

„Herr Wagner, wie ich vermute?“, sagte er und warf mir einen leicht irritierten Blick zu.

Paul nickte. „Darf ich Ihnen meine Kollegin, Frau Steinbach, vorstellen?“

Der Mann zögerte, bevor er mir seine Hand entgegenstreckte. „Ich bin Herr Meixner, ein Mitarbeiter dieser Einrichtung.“

„Dieser Einrichtung?“, hakte ich nach. „Was ist das hier genau?“

Herr Meixner schenkte mir ein nachsichtiges Lächeln. „Nun. Wir sind eine Art Stiftung, wenn auch nicht im exakt juristischen Sinn.“

„Wie dürfen wir das verstehen?“, erkundigte sich Paul.

Herr Meixner räusperte sich. „Es existiert eine Gruppe von Personen, die unsere Arbeit unterstützt.“

„Worin besteht Ihre Arbeit?“, fragte Paul weiter.

„Wir kümmern uns um Leute mit Problemen - gelegentlich um ehemalige Drogenabhängige oder trockene Alkoholiker, aber vor allem um Menschen, die sich von gewissen Sekten lösen möchten.“

„Welche Rolle spielte Pfarrer Kupfer bei diesem…“, ich stockte und fügte „Projekt“ hinzu.

Wieder dieses nichtssagende, herablassende Lächeln auf Herrn Meixners Gesicht. „Herr Kupfer hat uns sehr viel geholfen.“

„Also hat er…“, ich machte eine ausholende

Handbewegung, „…dieses Haus geleitet?“

Herr Meixner schüttelte den Kopf. „Nicht offiziell. Das wäre von der Kirche nie erlaubt worden. Aber er war fast täglich anwesend.“

„Es wirkt alles so verlassen. Haben Sie denn im Moment Gäste? …Personen, die Sie betreuen?“

Herr Meixner griff sich mit der Linken an die Brille und rückte sie zurecht. „Selbstverständlich.“

„Können wir mit denen reden?“

Die kleinen Augen hinter den rahmenlosen Gläsern blitzten kurz auf. „Nein. Das kann ich leider nicht erlauben.“ Er verzog sein Gesicht, es sollte wahrscheinlich wie eine Entschuldigung wirken. „Das Grundprinzip dieses Hauses – und das bitte ich Sie zu verstehen und zu respektieren - ist die Abgeschiedenheit, die Ruhe und eine absolute Privatsphäre.“

„Aber ich muss unbedingt mit Ihren Insassen reden. Ich werde mich auch kurz fassen“, beharrte ich.

Herrn Meixners Züge wurden hart und ausdruckslos. „Das kann ich keinesfalls gestatten. Wenn Sie keinen offiziellen Durchsuchungsbefehl haben, oder eine Vorladung von der Staatsanwaltschaft, werden Sie unsere Schützlinge nicht behelligen.“

„Das gilt auch für Vertreter der Kirche?“, fragte ich mit Blick auf Paul.

„Das gilt ohne Ausnahme.“

Paul räusperte sich. „Ich kann Ihre Reaktion in gewissem Maße verstehen, aber glauben Sie, dass Pfarrer Kupfer mit Ihrer Haltung in diesem besonderen Fall einverstanden wäre?“

Herr Meixner trat einen Schritt näher an uns heran. „Es war schon ein großes Entgegenkommen von mir, dass ich überhaupt mit Ihnen geredet habe. Und jetzt bitte ich Sie, uns zu verlassen.“

Ich wollte etwas erwidern, doch Paul schüttelte unmerklich seinen Kopf und ich schluckte hinunter, was mir auf der Zunge lag.

„Wir sehen uns sicher wieder", sagte Paul zu Herrn Meixner.

Der hob als Antwort lediglich skeptisch seine Augenbrauen.

Grußlos verließen wir die Villa.

11

„Schaut mal, wen ich mitgebracht habe“, sagte ich laut, mit einer Stimme, die vielleicht zu euphorisch klang.

Satorius und Lorenzo sahen von ihrer Arbeit auf. Soweit ich es erkennen konnte, waren sie damit beschäftigt, kleine Päckchen in buntes Geschenkpapier einzuwickeln. Der gesamte Esszimmertisch war mit Schleifen, Schachteln, Klebeband und Grußkarten übersät. Weihnachten nahte gnadenlos.

Ohne auch nur das geringste Anzeichen von Überraschung winkte uns Satorius nachlässig zu. „Bei uns dauert es noch ein bisschen. Geht doch schon mal in die Bibliothek, wir kommen nach, sobald wir hier fertig sind.“

Lorenzo schenkte uns ein unverbindliches Lächeln und dann senkten die Beiden ihre Köpfe, um sich erneut den Präsenten zu widmen.

Ich stand vollkommen verdattert auf meinem Platz und verstand die Welt nicht mehr. Wochenlang hatten wir uns Sorgen um Paul gemacht, nicht gewusst, wie es ihm ging und ob er jemals wieder zu uns und in sein normales Leben zurückkehren würde. Und jetzt taten Satorius und Lorenzo fast so, als wäre Paul nur mal kurz beim Bäcker gewesen, um ein paar Brötchen zu holen. Diese Reaktion mochte begreifen, wer wollte. Ich tat es nicht.

Besorgt blickte ich zu Paul, wie er diese eigenartig gleichgültige Begrüßung aufnahm. Und mein Erstaunen wuchs weiter, als Paul mich nur nachsichtig angrinste. Wortlos nahm er meine Hand und zog mich hinüber in die Bibliothek.

Dort brannte ein behagliches Feuer im Kamin. Wir setzten uns auf unsere angestammten Plätze, ich streckte die Füße in Richtung Glut und ließ mich durchwärmen.

„Also", sagte ich nach einer Weile, „ich kann ja nicht für Lorenzo und den Prof sprechen, aber ich finde es schön, dass du wieder da bist."

Paul nahm sich Zeit mit seiner Antwort. Er betrachtete die Bibliothek, als würde er sie zum ersten Mal sehen. „Ich habe das hier wirklich vermisst."

„Nur das Haus?", fragte ich sein Profil.

Er drehte seinen Kopf in meine Richtung. Sein Gesicht wurde ernst, seine graublauen Augen wirkten dunkel. „Nein", sagte er leise, aber mit Nachdruck.

Bevor ich ihm antworten konnte, quietschte es verhalten, als Satorius zu uns hereinfuhr. „Wir sind fertig. Lorenzo bringt uns unseren Aperitif."

Und wirklich, kaum hatte Satorius zu Ende gesprochen, erschien Lorenzo mit einem Tablett, auf dem eine Karaffe und vier Kristallgläser standen. Nachdem er jedem einen Fingerbreit eingegossen hatte, setzte er sich zu uns, um abwartend auf seinen

Lebenspartner zu blicken.

Satorius hob sein Glas und schaute in die Runde. „Ich denke, heute ist ein kleiner Trinkspruch angesagt… Auf unsere Wiedervereinigung.“

Der Scotch schmeckte rauchig.

Paul setzte seinen Whisky ab. „Wollt ihr mich nichts fragen?“

Lorenzo beugte sich in seinem Sessel nach vorne. „Ehrlich gesagt, nein. …Es sei denn, du willst uns etwas erzählen.“

Paul lächelte. „.Die Tatsache, dass ich hier bin, erklärt - denke ich - alles.“

„So sehe ich das auch“, entgegnete Satorius und nippte erneut an seinem Glas. Das Thema schien abgeschlossen.

„Damit ich das richtig verstehe…“, begann Lorenzo und deutete vage zuerst in meine, dann in Pauls Richtung. „Ihr zwei arbeitet wieder zusammen?“

Pauls Antwort kam ohne Zögern. „Wie in alten Zeiten.“

Der Anflug eines Lächelns huschte über Satorius’ Gesicht. Er beherrschte sich aber und ersetzte es durch ein geschäftsmäßiges Interesse. „Und euer jetziger Fall? Kennst du schon alle Einzelheiten? Hat sich vielleicht etwas Neues ergeben?“

„Ich war heute früh ungefähr zwei Stunden bei Prälat Ott, der mich informiert hat. Und was die Neuigkeiten angeht, die kann euch Anne besser erzählen.“

„Wie sich herausgestellt hat, war der Pfarrer sehr wohl als Sektenbeauftragter aktiv. Er wurde in letzter Zeit sogar von einer Journalistin begleitet, die ich jetzt quasi *geerbt* habe.“ Ich grinste breit. „Wenn ich es mir recht überlege, hast du sie jetzt auch an der Backe,

Paul."

„Reporter. Wie *wunderbar*", seufzte Satorius. „Sie geben einer Ermittlung erst die richtige Würze."

Paul winkte ab. „Wir haben nichts zu verbergen. Und wer sagt überhaupt, dass sie alles mitbekommen muss?" Auch er grinste.

Ich nahm den Gesprächsfaden wieder auf. „Zurück zum Fall: Wir waren heute in einer alten Villa, die Pfarrer Kupfer genutzt hat, um dort hauptsächlich Aussteiger aus Sekten unterzubringen."

„Davon stand nichts in der Personalakte", sagte Satorius.

„Es handelt sich sozusagen um ein halboffizielles Projekt." Paul wirkte verlegen. "Das Geld wurde zweckgebunden gespendet und lief nicht über die Kirchenkasse. Somit kam es zu hundert Prozent bei denen an, für die es bestimmt war."

„Und die Vorgesetzten des Pfarrers? Die hatten nichts dagegen?", hakte Satorius nach.

Paul schüttelte den Kopf. „Nein. Die kannten alle Einzelheiten, taten nach außen aber so, als wüssten sie von nichts."

„Interessant", meinte Satorius. „Aber nicht ungewöhnlich… Was habt ihr in der Villa herausgefunden?"

Ich seufzte. „Wir haben mit einem der Verantwortlichen geredet. Schien sich um einen Betreuer zu handeln. Aber der mauert. Er ließ uns nicht mit den Bewohnern sprechen… Ich kann sein Verhalten überhaupt nicht verstehen. Jedenfalls nicht in diesem Fall."

Satorius studierte gedankenverloren die goldene Flüssigkeit in seinem Glas. „Das mag dir auf den ersten Blick unverständlich erscheinen. Aber Sektenaussteiger sind mitunter schwerst traumatisiert und brauchen Monate, wenn nicht Jahre, um wieder zu einem normalen Leben zurückzufinden. Es ist mehr als sinnvoll, wenn man sie bei ihrer Rekonvaleszenz nicht stört."

„Wie auch immer", entgegnete ich. „Wir können zu diesem Zeitpunkt nicht ausschließen, dass die Ermordung des Pfarrers etwas mit einer der Sekten zu tun hat. Therapeutische Ansätze hin oder her – wir müssen sichergehen, dass diese Leute nicht über irgendwelche Informationen verfügen, die uns helfen könnten, dem Mörder auf die Schliche zu kommen. Wir müssen mit den Bewohnern reden. Unbedingt."

„Ich halte es für mehr als fraglich, dass sie euch irgendwelche Hinweise geben werden. Selbst wenn sie etwas wissen sollten, werden sie aus Angst vermutlich schweigen", sagte Satorius.

„Können Sekten wirklich derartig gefährlich sein?", erkundigte sich Lorenzo mit echtem Interesse.

Satorius seufzte. „Je nachdem. Einige sind eher harmlos. Aber andere… Da gibt es ganz straffe Führungsstrukturen, Gehirnwäschen, Bestrafungen, extrem schmerzhafte Rituale - bis hin zur Verletzung und Ermordung abtrünniger Mitglieder. Insbesondere über Satanisten wird das gesagt. …Und sollte Pfarrer Kupfer auch nur unbewusst etwas erfahren haben, was er nicht hätte erfahren sollen, dann schwebte er dadurch in allerhöchster Gefahr. …Auch ihr müsst euch vorsehen."

Paul trank seinen Whisky aus und stellte das Glas auf das Tablett zurück. Es klirrte leise. „Ich bin zuversichtlich, dass wir Mittel und Wege finden werden, die Bewohner der Villa zu befragen."

Ein Holzscheit im Kamin rutschte zur Seite weg,

zahlreiche Funken stoben in die Höhe und verglühten knisternd zu dunklem Rauch.

12

Eine typische Reichengegend. Häuser groß und protzig, manche zurückgesetzt und verschämt hinter dichten Hecken verborgen.

Wir hatten den Toyota in der Einfahrt geparkt und stiegen eine steile Treppe hinauf, die uns durch einen Steingarten führte. Unten hatten wir keine Klingel gefunden. Das Tor war einfach offen gestanden.

Als wir den Scheitel der kleinen Erhebung erreichten, lag cin dreistöckiges Gebäude vor uns. Nein, das stimmt nicht ganz. Das Haus war so in den Berg hineingebaut, dass der Keller nach vorne wie ein eigenes Stockwerk wirkte. Jetzt fand ich auch das Namensschild und drückte auf die messingfarbene Glocke.

Wenig später wurde Paul und mir geöffnet.

„Guten Morgen, Herr Trümmberg“, sagte Paul.

Der ältere Herr wirkte regelrecht erschrocken. Er trug einen Jogginganzug, seine Füße steckten in bequemen Sneakers.

„Darf ich vorstellen?“, übernahm ich. „Herr Trümmberg und…“, ich wandte mich zu Paul, „…und das ist mein Kollege, Herr Wagner.“

„Sie sind von der Kirche?“, stellte Herr Trümmberg mit Blick auf Pauls weißen Kragen fest.

„Ja“, bestätigte Paul. „Und wir würden uns gerne mit Ihnen unterhalten, wenn Sie einen Moment Zeit für uns hätten.“

„Unterhalten? …Aber ich habe Frau Steinbach doch schon alles erzählt, was ich weiß. Ich kann mir nicht vorstellen, was ich Ihnen noch Sachdienliches sagen könnte.“ Herr Trümmberg hatte den Reißverschluss seiner Jacke gepackt, zog ihn ein Stück höher und hielt ihn fest.

„Wir wären Ihnen wirklich sehr verbunden“, meinte ich betont harmlos. „Ich kann Ihnen versichern, dass es nicht lange dauern wird.“

Herr Trümmberg gab sich einen Ruck, ein gequältes Lächeln erschien auf seinen Zügen. „Aber natürlich. Kommen Sie doch herein. Ich bin zwar gerade nicht auf Besuch eingestellt…“ Er beendete seinen Satz nicht, sondern ging uns voraus ins Innere seines Hauses.

Wir nahmen noch ein paar Stufen und fanden uns in einem weitläufigen Zimmer wieder. Schaufensterartige Glasfronten ersetzten große Teile der Wände. Ein einsamer Schrank stand verloren vor einem Pfosten. Weiter hinten im Raum befand sich eine einzelne Couch mit Sessel, ein passender Tisch und auf einer antik wirkenden Kommode ein kleiner Plasmafernseher. Neben einem Durchgang auf der rechten Seite konnte ich eine Küchenzeile erkennen.

Ich nahm mit Paul auf der Couch Platz. Herr Trümmberg setzte sich uns gegenüber auf den Sessel.

„Kann ich Ihnen etwas zu Trinken anbieten? ...Ich meine, es würde mir keine Umstände bereiten.“ Herr Trümmberg wies in Richtung der Küche.

„Nein“, sagte Paul. „Vielen Dank.“

Ich ließ meinen Blick durch den Raum gleiten. Gähnende Leere, ganz so, als würde hier überhaupt niemand leben. Lediglich eine mit Naturstein verkleidete Innenwand machte eine Ausnahme. Mehrere dutzend Fotos, kostbar und aufwändig gerahmt, zeigten ein Kind, ein Mädchen, eine junge Frau. Verschiedene Perspektiven, unterschiedliche Orte und Jahreszeiten, aber eindeutig ein und dieselbe Person.

„Wir müssen uns über Pfarrer Kupfer unterhalten“, sagte ich.

Herr Trümmberg zwang sich, mich ruhig anzusehen. Aber sein linker Mundwinkel begann leicht zu zittern. „Warum wenden Sie sich deshalb an mich? Ich meine, es arbeiten doch sehr viele Ehrenamtliche in der Gemeinde. Und manche schon wesentlich länger.“

Paul setzte sich bequemer und schlug ein Bein über das andere. „Sie scheinen ihn am besten gekannt zu haben.“

„Wie kommen Sie denn darauf?“

„Ich habe nachgeforscht“, antwortete Paul. „Es existiert da eine Art inoffizielle Stiftung, die ehemaligen Mitgliedern von Sekten hilft, auszusteigen.“

Diesmal konnte sich Herr Trümmberg nicht mehr beherrschen. Er machte eine ruckartige Bewegung, atmete scharf aus und presste beide Hände auf eines seiner Knie. Er blieb stumm.

„Sie kennen diese Stiftung“, setzte ich nach.

Mehrere Sekunden verstrichen, bis er mit „Ja“, antwortete. „Es gibt ein Komitee, das diese Stiftung leitet“, fügte er ohne besondere Betonung hinzu.

„Das stimmt in der Tat, aber…“, Paul hob seine rechte Hand und unterstrich die nächsten Worte mit einer bestimmenden Geste, „…aber über achtzig Prozent der Gelder, die der Stiftung zur Verfügung stehen, stammen von einer einzigen Person.“

„Von Ihnen, Herr Trümmberg“, vervollständigte ich Pauls Satz.

„Was wollen Sie?“, presste Herr Trümmberg hervor. Er war leichenblass. „Mein Vater hat mir ein beträchtliches Vermögen hinterlassen. Ich kann über das Geld verfügen, wie es mir passt.“

„Selbstverständlich“, erwiderte Paul. „Sie können frei darüber entscheiden, wofür Sie Ihr Erbe einsetzen. Aber was diese besondere Stiftung angeht, wissen wir beide, dass sie eigentlich von Herrn Pfarrer Kupfer geleitet wurde. Allen ist das bekannt. Jeder der Vorgesetzten bis hinauf zum Bischoff kennt diesen Zusammenhang. Jetzt ist es an der Zeit, dass Sie uns das näher erklären.“

Herr Trümmberg fasste sich mit Daumen und Zeigefinger an die Nasenwurzel. Als er seine Hand wieder herunternahm, hatte sein Griff zwei rote Flecken hinterlassen. „Das ist eine reine Privatangelegenheit. Mich kann niemand dazu zwingen, meine persönlichen Beweggründe offenzulegen.“ Sein Blick irrte für den Bruchteil einer Sekunde zu den an der Wand angebrachten Fotografien.

Ich sah hinüber in das Gesicht der jungen Frau auf den zahlreichen Bildern, die mich aus einer anderen Zeit anzulächeln schien. „Herr Pfarrer Kupfer hat diesem Mädchen geholfen. Habe ich recht? …Ihrer Tochter. Und Sie haben sich im Gegenzug verpflichtet gefühlt.“

„Woher wissen Sie das?“, Herrn Trümmbergs Stimme glich mehr einem Flüstern.

Ich lächelte ein wenig. „Die Vermutung lag nahe. Die Bilder sind das einzig Persönliche in diesem ansonsten betont sachlich gehaltenen Raum. Und das Mädchen hat Ähnlichkeit mit Ihnen.“

Herr Trümmberg setzte zu einer Antwort an, beugte dann aber seinen Kopf nach vorne. Seine Schultern zuckten, und wir sahen ihm zu, wie er weinte.

„Wir könnten auch Ihre Tochter befragen. Vielleicht ist Ihnen das ja lieber“, sagte ich so behutsam, wie ich nur konnte.

Herr Trümmberg schüttelte ansatzweise den Kopf, räusperte sich und sprach, ohne uns anzusehen: „Das geht nicht.“

„Wieso?“

Er richtete sich auf, schaute erneut hinüber zu den Fotografien, doch diesmal betrachtete er sie länger. Schließlich atmete er tief ein und als er sich mir wieder zuwandte, wirkten seine Augen stumpf. „Meine Frau ist sehr bald gestorben, und ich habe Christina alleine aufgezogen. Sie war ein nettes, wohlbehütetes Mädchen. Als sie älter wurde, entdeckte sie ihr Interesse an spirituellen Dingen. Doch sie stand mit beiden Beinen fest im Leben. Bis sie… Irgendwann hat sie einen jungen Mann getroffen und das hat sie verändert. Sie trug nur noch Schwarz, ging tagsüber nicht mehr aus dem Haus, blieb nächtelang fort und kam erst im Morgengrauen zurück. Und plötzlich war sie verschwunden, ohne eine Spur zu hinterlassen.“

Draußen hatte sich die schwache Wintersonne durch die Wolkendecke gekämpft. Ein milchiger Schein brach durch die Scheiben und zauberte längliche, abgehackte Schatten auf das helle Parkett.

„Ich wusste nicht mehr weiter. Ich war verzweifelt und vollkommen am Ende. Da hat mir ein Bekannter Pfarrer Kupfers Namen genannt und gemeint, er könnte in solchen Fällen manchmal helfen. Wie ein Ertrinkender habe ich mich an diesen Strohhalm geklammert." Herr Trümmberg brach ab. „…Und wirklich, nach zwei Tagen, ist ihm das gelungen, was die Polizei in Wochen nicht geschafft hatte: Er hat meine Tochter wiedergefunden. …Er brachte Christina in seiner Wohnung unter, versorgte sie und ich durfte sie drei Monate lang nicht sehen. Das war eine schlimme Zeit. Furchtbar … Als er sie mir dann zurückbrachte, war Christina verändert. Jede Lebensfreude, jedes Lachen, jede Fröhlichkeit waren aus ihr verschwunden. Nachts wachte sie schreiend auf, grässliche Albträume plagten sie."

„Und Pfarrer Kupfer?", fragte Paul.

„Er besuchte uns täglich, kümmerte sich hingebungsvoll um Christina… Mit der Zeit wurde es besser."

„Wo ist Ihre Tochter jetzt?", fragte ich.

„Wie gesagt, es ging ihr besser. Sie nahm ihr Studium wieder auf. Alles schien fast wie früher … Dann kam dieser schreckliche Tag… Sie hatte einen Unfall mit ihrem Wagen." Herr Trümmberg versuchte, sein Gesicht zu bewegen. Es sollte ein wehmütiges Lächeln der Erinnerung darstellen. „Sie ist vor vier Jahren gestorben."

„Und dann sind Sie auf die Idee mit der Stiftung gekommen?"

Herr Trümmberg nickte. „Ich wollte den Menschen helfen. Ich wollte Familien unterstützen, die durch dieselbe Hölle gehen müssen, wie ich es tat. Ich stellte das Geld und das Haus bereit und Herr Kupfer kümmerte sich um alles Übrige… Doch jetzt ist er nicht mehr da…“ Herr Trümmberg senkte den Kopf.

„Das ist richtig. Pfarrer Kupfer ist leider nicht mehr da, um sich zu kümmern“, wiederholte ich. „Deshalb müssen Sie uns helfen.“

Herr Trümmberg blickte auf. „Ich verstehe Sie nicht.“

„Wir waren bei dem Refugium und haben mit einem Herrn Meixner gesprochen. Es ist nicht auszuschließen, dass die Bewohner der alten Villa über Informationen verfügen, die uns zu Herrn Kupfers Mörder führen. Wir können diese Spur nicht einfach außer Acht lassen. Wir *müssen* mit diesen Leuten reden. Doch Herr Meixner lässt uns nicht.“

„Herr Kupfer war ein unscheinbarer Mann. Aber er hatte einen eisernen Willen. Ich hingegen…“, Herr Trümmberg hob in stummer Verzweiflung seine Hände und schwieg.

Paul musterte ihn eingehend, und meinte dann: „Uns bleibt keine Alternative. Wie ich das sehe, sind Sie das Pfarrer Kupfer schuldig… Herr Trümmberg, Ihre Stiftung ist eine sehr gute Sache. Ich gebe Ihnen mein Wort, dass ich mich mit Unterstützung von Prälat Ott dafür einsetzen werde, dass das Dekanat das Projekt nicht beendet, sondern wieder einen Geistlichen abstellt, der mit Ihnen zusammenarbeitet. Aber im Gegenzug müssen Sie auch etwas für uns tun.“

13

Bald darauf hatten wir Herrn Trümmberg verlassen. Er hatte uns zugesagt, auf Herrn Meixner, den Mitarbeiter der Villa, einzuwirken, und ich hatte deutlich wahrgenommen, dass ihm dieses Versprechen – so schwer es ihm auch gefallen sein mochte – eine seltsame Erleichterung verschaffte.

Nun befanden wir uns auf dem Rückweg. Die Autobahn war noch überraschend leer. Ich fuhr hinter einem großen Lastzug, beschleunigte und wechselte auf die Überholspur. Der Motor hatte einen richtig guten Abzug. Im Innenraum blieb es erstaunlich ruhig. Fast so, als wäre man in Watte gepackt.

„Hast du vorhin die Wahrheit gesagt?", fragte ich.

Paul nahm sich etwas Zeit mit seiner Antwort. „Tut mir leid, aber ich weiß jetzt nicht, wovon du sprichst. Und überhaupt, hast du mich schon jemals bei einer Lüge ertappt?"

Ich musste grinsen. „Komm mir nicht mit deiner Pfarrermasche. Nur, weil ich dich noch nicht erwischt habe, heißt das nicht, dass du nicht lügen kannst, dass sich die Balken biegen."

„Du findest das komisch", sagte Paul.

„Was?"

„Mich immer wieder mit meinem Beruf aufzuziehen."

„Sei doch nicht so empfindlich", erwiderte ich. „Du hast vorhin Herrn Trümmberg nahezu versprochen, dass sich die Kirche weiter um das Haus kümmern wird."

„Und das war nicht übertrieben."

„Wirklich?"

„Prälat Ott hat mich gefragt, ob ich mir vorstellen könnte, die Funktion des Sektenbeauftragten zu übernehmen. Und dazu gehört auch die Betreuung der Villa."

Ein blauer Mercedes scherte unversehens direkt vor mir auf meine Spur aus. Ich stieg heftig auf die Bremsen und betätigte wie wild mein Aufblendlicht. „So ein Vollidiot", schimpfte ich.

„Prälat Ott?"

„Nein", zischte ich. „Der Typ der mich gerade geschnitten hat."

„Der Typ, der was?"

„Du kriegst mal wieder überhaupt nichts mit! …Aber was dieses Sektenbeauftragten-Ding angeht, das finde ich richtig gut."

„Das sagst du nicht einfach nur so?", fragte Paul.

„Nein. Ich finde, du wärst in der Funktion toll. Aber natürlich muss es dir gefallen, nicht mir."

„Verstehe, was du meinst", sagte Paul. „Ich habe schon viel darüber nachgedacht. Ich hätte zwar keine eigene Gemeinde mehr, würde nur noch ein paar Messen lesen…"

„…Du hättest mehr Zeit für unsere Ermittlungen“, warf ich ein.

„Genau. Ich müsste dann nicht immer Urlaub nehmen und eine Vertretung finden.“

„Klingt vernünftig und praktisch.“

Diesmal blieb Paul stumm. Als ich ihm einen schnellen Blick zuwarf, vermied er den Augenkontakt mit mir und sah angestrengt geradeaus.

Die nächste Ausfahrt kam näher. Ich setzte den Blinker und fädelte mich ein.

„Warum willst du die Autobahn verlassen? Keine Spur von einem Stau. Durch die Stadt dauert es viel länger“, fragte Paul erstaunt.

„Ich muss noch etwas erledigen. Hast du Zeit?“

„Wofür?“

„Ich habe endlich den ersten Termin mit Julia. *Begleiteter Umgang*. Yannick hat sich zwar gesträubt und alles in die Länge gezogen, aber jetzt ist es endlich soweit. Ich werde sie übermorgen treffen.“

„Gratuliere“, sagte Paul und ich hörte aus seiner Stimme deutlich heraus, wie sehr er sich mit mir freute. „Das gönne ich dir und Julia von ganzem Herzen.“

Ich lächelte. „Danke. Ich möchte Julia etwas mitbringen. Eine Aufmerksamkeit, ein kleines Geschenk… Oder hältst du das für überzogen?“

„Nein“, erwiderte Paul bestimmt. „Wenn man jemanden gerne hat, sollte man ihm das auch zeigen.“

Spöttisch verzog ich meinen Mund. „Ach, sag bloß.“

Vor uns tauchte ein großer, grauer Betonklotz mit bunter Leuchtreklame auf. Ich fuhr auf den Parkplatz.

14

Regale vollgestopft mit Spielsachen, soweit ich sehen konnte. Dazwischen Erwachsene, die geschäftig herumirrten und den Eindruck erweckten, als wüssten sie genau, was sie taten. Nirgends ein Verkäufer.

„Oh mein Gott!“, stöhnte ich, „das soll ein Spielzeugladen sein?“

„Was hast du? Heutzutage wird einfach eine Nummer größer gebaut. Dafür findest du auch alles an einem Ort“, gab mir Paul wenig überzeugend zur Antwort.

„Na toll. Da kann ich auch gleich im Internet shoppen. Hier gibt es überhaupt niemanden, der mich beraten kann.“

„Beraten?“

„Na, mir sagen, was ich meiner Tochter kaufen soll.“

„Ich habe gedacht, du hättest eine klare Vorstellung, was du ihr schenken willst.“

„Und wie kommst du darauf?“

Paul blickte mich verdutzt an. „Du weißt doch immer genau, was du willst. Und schließlich ist es deine Tochter und du hast sie lieb, und…“, er verstummte, als er meinen warnenden Blick bemerkte. Er räusperte sich.

„Ich schlage vor, wir schnappen uns einen Einkaufswagen“, fuhr er nach einer Pause fort, „gehen durch die Reihen und lassen uns einfach inspirieren. Das kann nicht so schwer sein, ein Geschenk für eine Neunjährige zu finden.“

„Sie wird bald zehn“, verbesserte ich ihn.

Paul schenkte mir ein bestätigendes Lächeln, griff sich einen Wagen und wir zogen los. Heere von Plüschtieren mit großen Glasaugen in den widerlichsten Farben. Grelles Plastikspielzeug ohne jeden Sinn und Verstand und am besten noch batteriebetrieben. Legosteine, die dazu dienten, vorgefertigte Modelle nachzubauen. Wer brauchte denn so was? Dann eine Abteilung nur für Mädchen. Rosa überall. Die Luft derartig voll von Östrogen, dass man sie hätte schneiden können.

„Meine Füße tun weh“, sagte ich.

Paul überhörte meine Bemerkung. „Ist da nichts für sie dabei?“

Mich grauste es regelrecht bei dem Gedanken, dass Julia Gefallen an derartigen Sachen finden könnte.

„Meine Tochter ist ein normales Kind“, antwortete ich trocken, als würde das irgendetwas erklären.

In der nächsten Abteilung gab es Sportgeräte. Fußbälle, Springseile, Baseballschläger. Ich griff mir einen der Schläger, wog ihn in der Rechten, warf ihn in meine Linke. Er war vielleicht eine Nummer zu klein für mich, aber vermittelte ein gutes Gefühl.

„Was soll sie denn damit?“, fragte Paul mit entsetzter Miene.

„Ist doch eine tolle Sache! Man muss sich schnell bewegen, braucht gute Reaktionen, ein scharfes Auge, und Muskeln kriegt man auch noch davon."

„Und mit wem soll sie spielen?", fragte Paul.

Ich blickte auf den Schläger. Mir fiel auf Anhieb jemand ein, an dem Julia das Teil ausprobieren könnte.

Paul grinste – allem Anschein nach hatte er meine Gedanken erraten. Fast gegen meinen Willen nahm er mir das Holz aus der Hand, um es sorgfältig zurückzulegen.

Hinter der nächsten Ecke warteten Musikinstrumente auf uns. Kleine Gitarren, rosa Flöten und ein recht imposantes Schlagzeug.

„Wow", sagte ich, als wir davorstanden.

„Ist Julia denn musikalisch?", wollte Paul wissen.

Ich zuckte mit den Achseln. „Glaube ich nicht. Aber ein Schlagzeug, das macht doch jedem Kind Spaß."

„…Besonders, wenn sie es über die Feiertage im Wohnzimmer ihres Vaters ausprobieren kann", ergänzte Paul und diesmal mussten wir beide lachen.

„So sehr hasse ich meinen Ex-Mann auch wieder nicht", gestand ich ein.

Wir gelangten in die Buchabteilung. Micky Maus, Sponge Bob und verschiedene Mangas lachten uns entgegen. Paul verließ mich, um in eine hintere, unscheinbare Ecke zu gehen. Er legte seinen Kopf schräg. Nach einer Weile zog er aus einem Regal einen Band heraus, öffnete ihn, und begann darin zu lesen. Neugierig folgte ich ihm, um ihm über die Schulter zu blicken.

„Was hast du da?"

Paul sah kurz auf, warf mir ein entschuldigendes Lächeln zu und widmete sich wieder dem Buch. „Peterchens Mondfahrt“, sagte er.

„Klingt nicht besonders aufregend.“

„Das täuscht. Es handelt von einem Maikäfer, dem ein Bein abgerissen wurde und von zwei Kindern, die sich mit ihm zusammen auf eine Reise machen, um es wiederzubeschaffen.“

„Gelingt ihnen das?“

„Sie müssen sich erst einem schrecklichen Verbrecher stellen.“

„Ach“, sagte ich. „Wirklich? Zeig mal her.“

In dem Buch gab es ein paar altmodische, aber sehr hübsche Bilder, und irgendwie gefiel mir der Maikäfer.

„Was meinst du?“, fragte ich, „Ich kaufe ihr das, und jedes Mal, wenn wir uns sehen, lese ich ihr daraus vor. Dann haben wir etwas Gemeinsames. So ein Mutter-Tochter-Ding.“

„Klingt doch gut“, gab er mir zur Antwort.

„Nicht wahr? Und dazu schenke ich ihr noch ein Tagebuch, worin sie festhalten kann, was ihr durch den Kopf geht. Das kann Julia – wenn sie möchte – zu unseren Treffen mitbringen, damit ich auf dem Laufenden bin, was sie alles erlebt. Dann wäre es fast, als wären wir überhaupt nicht getrennt.“

Pauls nachdenkliche Augen blieben eine Spur zu lange auf mich gerichtet, bevor er zustimmend nickte.

15

Als Paul und ich am nächsten Tag losfuhren, fielen einzelne Flocken behutsam auf die Frontscheibe. Es wurden immer mehr und meine Hand zuckte zum Regler des Scheibenwischers. Aber bevor meine Finger ihn auch nur berührten, setzten sich die Wischer wie durch Magie von alleine in Bewegung.

Regensensor – dachte ich – *wie praktisch.*

Laut sagte ich: „Super, dass wir jetzt mit den Leuten in der Villa reden können. Ich hätte nicht gedacht, dass das so schnell geht."

Paul war gerade damit beschäftigt, den nagelneuen Sicherheitsgurt auf seine Größe zu justieren. Das war mehr als nur einfach, aber Paul stellte sich dabei ziemlich ungeschickt an.

„Herr Trümmberg finanziert den Großteil des Ladens", antwortete er mir durch zusammengebissene Zähne, während er mit rotem Kopf immer wilder am Gurt zerrte. „Er …musste …nur einmal bei den Betreuern anrufen …und die Sache war erledigt. Diese

Soz.päd.'s …wissen genau, …wer sie bezahlt."

Ich konnte es nicht mehr länger mitansehen, wie Paul sich quälte, langte hinüber, hielt den Gurt fest, und er schaffte es endlich, ihn zu fixieren.

„Passt", sagte ich. „Geht doch."

„Danke." Paul lehnte sich zurück und seufzte. Ich bemerkte, dass der Gurt immer noch zu niedrig saß, aber das würde ich nachher in Ordnung bringen.

„Übrigens treffen wir bei der Villa auch die Journalistin."

„Diese Frau Agulescu?", fragte Paul nach.

„Genau."

„Ich bin mir nicht sicher, ob ich es gut finden soll, wenn wir sie mitnehmen."

„Ach, mach dir nur keine Gedanken. Sie hat Pfarrer Kupfer in der letzten Zeit begleitet und schreibt an einem Artikel. Niemand will, dass darin die Kirche, oder die Kripo, oder wer auch immer schlecht wegkommt."

„Wer auch immer?", wiederholte Paul.

„Ralf", antwortete ich. „Ralf sieht seine Felle davonschwimmen. Du weißt doch, dass er unbedingt befördert werden will. Und wenn diese Agulescu irgendwelchen Mist über ihn veröffentlicht, kann er seine Karriere für die nächste Zeit vergessen."

„Du hilfst ihm ganz selbstlos?"

„Klar doch", grinste ich. „Ralf wird bluten. Aber sowas von."

„Ja", erwiderte Paul mit einem leichten Seufzen. „Es hat schon Vorteile, wenn einem die Kripo ein paar kleine Gefallen schuldig ist."

„Exakt. Dafür nehme ich diese Agulescu gerne in Kauf."

„Wie ist die denn überhaupt?"

Ich dachte kurz nach. „Unsicher, würde ich sagen. Am ersten Tag war sie reserviert und kühl, am zweiten Tag aufgekratzt und superfreundlich. Du wirst sicher mit ihr zurechtkommen."

„Mit Menschen komme ich eigentlich immer gut klar." Paul versuchte, das Gebläse einzustellen.

„Was ist jetzt schon wieder?", fragte ich.

„Es ist zu heiß und die Klimaanlage weht mir ständig ins Gesicht. Bis heute Abend habe ich eine Bindehautentzündung."

„Dann mach sie einfach aus."

„Ich weiß aber nicht wie, hier ist doch alles vollautomatisch."

Ich rollte mit den Augen. „Du bist ganz schön anstrengend, seitdem du im Kloster warst."

„Ach ja?"

„Früher bist du immer neben mir gesessen, hast kaum ein Wort geredet und zum Fenster hinausgeschaut. Aber seitdem ich diesen neuen Wagen habe, führst du dich auf, wie auf Speed. Bist du sicher, dass die Mönche dir nichts unters Essen gemischt haben?"

Paul warf mir einen tadelnden Blick zu. „Was redest du für Unsinn. Ich muss mich eben erst an den neuen Wagen gewöhnen. Das dauert seine Zeit. All dieses neumodische Zeug…", er wies auf das umfangreiche Armaturenbrett.

Er hatte ja recht. Mir ging es genauso.

16

Herr Meixner stand im großen Foyer der Villa und unterhielt sich mit Frau Agulescu. Seine gesamte Körperhaltung zeugte von professioneller Distanz und Verantwortung. Anders ausgedrückt: er wirkte hochnäsig und überheblich. Selbst als Paul und ich fast neben ihnen standen, gab er vor, uns nicht zu bemerken, und beendete einen offensichtlich bereits länger dauernden Monolog über die Vorteile und Notwendigkeiten des Datenschutzes. Ich ließ mich von solchen Mätzchen nicht aus der Ruhe bringen, sondern wartete gelassen, bis seine mit Fremdwörtern gespickten Ausführungen ihr natürliches Ende fanden.

Auf Pauls Gesicht erschienen kleine Lachfältchen, die sich zunehmend vertieften, weil er verstand, wie ich mit der Situation umging.

Frau Agulescu nickte mit vornehmer Zustimmung, und schließlich blieb Herrn Meixner nichts mehr anderes übrig, als unsere Anwesenheit doch noch zu registrieren.

„Da sind Sie ja endlich“, meinte er und warf einen vorwurfsvollen Blick auf seine Armbanduhr.

Statt zu antworten, lächelte ich ihn freundlich an und beobachtete dabei mit Genugtuung, wie sich eine deutliche Röte in sein Gesicht schlich. Er war kurz davor, zu platzen.

Ich wandte mich der Journalistin zu. „Hallo, Frau Agulescu. Schön, dass Sie kommen konnten.“ Ich erwartete eine Reaktion. Stattdessen taxierte mich die Reporterin mit kühler Miene. Vermutlich hatte Herrn Meixners pseudowissenschaftliches Geschwafel bei ihr eine Migräne ausgelöst.

„Darf ich Ihnen Herrn Wagner vorstellen?“, fuhr ich fort.

Paul streckte seinen Arm in ihre Richtung aus. Mir fiel auf, dass die beiden nahezu gleich groß waren. Die Reporterin war wirklich hochgewachsen.

Frau Agulescu ergriff seine Hand und schüttelte sie. „Sie sind der Partner von Frau Steinbach?“

„Ich unterstützte sie bei ihren Ermittlungen so gut ich kann“, erwiderte Paul.

Wieder keine Reaktion auf Frau Agulescus Gesicht.

„Wie haben Sie sich das heute gedacht, Herr Meixner?“, fragte ich den Mitarbeiter.

Dessen Augen blinzelten verständnislos, dann sagte er: „Sie meinen das Procedere?“

Mein Lächeln wurde noch eine Spur breiter. „Was auch immer.“

Paul räusperte sich und sah zur Seite.

Herr Meixner richtete sich kerzengerade auf. „Nun. Wir haben die Situation noch einmal in einer Teamsitzung eingehend diskutiert und sind zu dem

Ergebnis gekommen, dass wir es unseren Klienten überlassen, ob sie mit Ihnen sprechen möchten, oder eben nicht. Natürlich auf rein freiwilliger Basis."

„Natürlich", wiederholte ich und fast unabsichtlich ahmte ich Herrn Meixners herablassenden Tonfall nach.

Das Rot in seinen Wangen wurde tiefer.

„Wir haben im Anschluss Ihr Anliegen allen Bewohnern des Hauses mitgeteilt..."

„Um wie viele Personen handelt es sich?", unterbrach Paul.

Herr Meixner runzelte die Stirn, fasste an seine Brille und rückte sie auf seiner Nase zurecht. „Wir haben im Moment acht Gäste. Davon haben sich drei bereiterklärt, mit Ihnen zu reden."

„Drei?", hakte ich aus einem inneren Impuls heraus nach.

„Nun. Eigentlich möchte sich noch eine vierte Person mit Ihnen treffen, aber ich weiß nicht, ob ich dieses Ansinnen unterstützen sollte."

„Aber Sie sagten doch selbst, es ist freiwillig", warf Paul ein.

„Schon. Aber die entsprechende Bewohnerin fällt durch ihre besondere Zurückhaltung auf. In unseren Morgenkreisen, Supervisions- und Coachingrunden verhält sie sich nicht proaktiv."

„Sie meinen, sie ist schweigsam?", fragte ich mit meinem naivsten Gesichtsausdruck.

Herr Meixner blinzelte erneut und stieß dann eine Nuance zu heftig hervor: „Das habe ich doch gerade gesagt."

„Also. Wenn sie uns sehen will, sollten wir ihr die Möglichkeit geben", verkündete Paul. „Vielleicht tut es ihr gut, einmal ein paar neue Gesichter kennenzulernen."

Herr Meixner versuchte zu lächeln, was ihm aber nur ansatzweise gelang. „Ja. Vielleicht."

Frau Agulescu hatte sich bislang nicht am Gespräch beteiligt, aber mir war nicht entgangen, dass sie jede Einzelheit aufmerksam beobachtet hatte. Sie befeuchtete ihre Lippen, blickte mich direkt an und meinte: „Ich halte es nicht für angebracht, wenn ich Sie bei der kommenden Befragung begleite."

„Nein?", erwiderte ich.

Die Journalistin schüttelte den Kopf. „Da werden vertrauliche Informationen weitergegeben. Und ich bin eine absolut Außenstehende. Außerdem schreibe ich keine Reportage für ein Boulevardblatt. Wir können uns nachher in einem Lokal treffen und uns ganz allgemein unterhalten."

„Gut", meinte ich. „Dann sehen wir uns in dem Café von gestern."

Frau Agulescu runzelte die Stirn. „Das Café? Es wäre nett, wenn Sie mir nochmals die Adresse sagen würden. Ich weiß nämlich nicht, wie ich von hier dorthin komme und muss das in den Navi eingeben."

Ich nannte ihr die Straße und den Namen des Lokals. Wir verabschiedeten uns. Dann folgten wir Herrn Meixner die breite Treppe hinauf in den ersten Stock.

Oben angekommen, öffnete er eine der reich verzierten Türen und wir betraten ein Zimmer, in dem mehrere blaue Gymnastikmatten gestapelt lagen. Drei Stühle waren um einen runden Tisch gruppiert, und durch das bodentiefe Fenster hatte man einen Blick auf den tief verschneiten Garten und das dahinterliegende Gewerbegebiet.

„Passt Ihnen das?", fragte Herr Meixner mit einer

Stimme, die mehr als genervt klang.

„Vielen Dank“, sagte Paul. „Perfekt. Sie haben sogar an Blumen gedacht.“ Er wies auf eine Vase mit gelben Chrysanthemen, die neben einer Wasserkaraffe und mehreren Gläsern auf dem Tisch stand.

Herr Meixner nickte abrupt. „Ich hole den ersten Klienten. Wenn Sie mit ihm gesprochen haben, wird er von sich aus den nächsten verständigen. …Und so weiter.“

Er verließ uns. Die Tür fiel eindeutig zu laut ins Schloss.

17

Ich blickte ratlos auf meinen Block und sah dann hinüber zu Paul „Hat uns das jetzt irgendetwas gebracht?"

„Wir haben drei Personen befragt. Sie stammen aus unterschiedlichen Teilen des Landes, einer sogar aus der Schweiz. Keiner von ihnen hatte auch nur die geringste Ahnung davon, dass Pfarrer Kupfer eventuell bedroht wurde. Sie kannten ihn lediglich als Seelsorger. Aber das war's auch schon."

„Wollen wir uns die Nummer vier dann überhaupt noch antun?", fragte ich, stand auf und vertrat mir die Beine. „Dieser Meixner meinte, sie sei nicht …*proaktiv*. Das heißt im Klartext, sie bekommt ihren Mund nicht auf. Sie wird uns nichts Weltbewegendes mitteilen."

Paul goss sich sein Wasserglas halb voll, nahm einen tiefen Schluck und meinte: „Jetzt sind wir schon einmal hier. Schaden kann es auf keinen Fall."

„Das ist anstrengend, wenn man mit einem Geistlichen zusammenarbeitet“, seufzte ich. „Weißt du, du bist absolut schicksalsergeben. Du vermutest hinter allem einen verborgenen, höheren Sinn.“

Paul lachte. „Und des Öfteren habe ich recht.“

Es klopfte leise.

Ich öffnete die Tür. Vor mir stand eine Frau etwa in meinem Alter. Dichtes, krauses Haar, kurzgeschnitten. Sie trug Jeans, einen nichtssagenden Pulli und die hier im Haus obligatorischen Filzpantoffeln. Krampfhaft mied sie meinen Blick, sah an mir vorbei. Ihre Züge erhellten sich, sobald ihre Augen Paul fanden, der sich inzwischen erhoben hatte und sie mit einem freundlichen Lächeln willkommen hieß.

„Ist er ein echter Priester?“, fragte sie.

„So echt, wie man nur sein kann“, erwiderte ich an ihr Profil gerichtet.

Sie beachtete mich nicht weiter, ging zu Paul, schüttelte seine Hand und setzte sich an den Tisch. Paul und ich nahmen ebenfalls Platz.

„Ich bin Pfarrer Wagner“, begann Paul, „und das ist meine Kollegin, Frau Steinbach.“

Sie sah nur ihn. Ich hätte genauso gut Luft sein können.

„Ich heiße Sabine“, erwiderte sie.

„Klingt schön“, sagte Paul. „Und weiter?“

„Wie?“

„Na, Ihr Nachname.“

Sabine lächelte entschuldigend. „Den habe ich vergessen.“

„Sie haben Ihren Namen vergessen?“

„Namen sind doch nicht wichtig, oder?“ Ein gehetzter Ausdruck erschien auf ihrem Gesicht.

„Eigentlich nicht“, beeilte sich Paul, zu sagen. „Was ist mit Ihrer Familie? Lebt sie in der Nähe?“

Sabine schüttelte den Kopf. „Ich habe nur eine Schwester. Irene."

„Vielleicht kennen Sie deren Nachnamen?"

Wieder schüttelte Sabine den Kopf. Dabei langte sie gedankenverloren über den Tisch. Sie griff sich eine der gelben Blumen, hielt die Blüte an ihr Gesicht und fuhr sich streichelnd über die Wange.

„Sie können sich an Herrn Pfarrer Kupfer erinnern."

Sabine betrachtete die Blume, bevor sie ihre Aufmerksamkeit auf Paul richtete. „Pfarrer Kupfer? Ihm konnte ich vertrauen. Ich habe bei ihm oft gebeichtet. Jedes Mal, wenn er kam."

„Seit wann sind Sie hier?"

„Sie meinen, in diesem Haus?" Sabine lächelte unsicher. Ihre Finger begannen, mit der Blume zu spielen. Sie riss einzelne Blütenblätter ab. Achtlos fielen sie auf die Tischplatte.

„Zeit ist ständig im Fluss", meinte sie träumerisch. „Es gelingt mir nicht, sie festzuhalten. Ich bin schon lange in der Villa. Ich habe oft mit Herrn Kupfer gesprochen."

„Aber sie reden nicht mit Herrn Meixner", stelle Paul fest.

„Nein. Der ist kein Priester. Nur Priester sind heilig. Sie bewahren alle Geheimnisse."

Paul wurde nachdenklich. Er bemühte sich zu lächeln und beugte sich ein wenig vor.

Sabine hatte ihn allem Anschein nach vergessen. Sie war inzwischen damit beschäftigt, die abgerissenen Blütenblätter fein säuberlich in einer Reihe zu ordnen. Penibel und akkurat wählte sie jedes Teilchen nach dessen Größe aus und platzierte es im exakten Abstand zum vorherigen.

Kleine, gelbe Soldaten in Habachtstellung. Als würden sie etwas beschützen – schoss es mir durch den Kopf.

„Hatten Sie den Eindruck, dass Herr Kupfer bedroht wurde?“, fragte Paul, nachdem er sie eine geraume Zeit beobachtet hatte.

„Bedroht?“, erwiderte Sabine, ohne aufzusehen. „Keineswegs. Er war immer zuvorkommend und hat mir die Absolution gegeben. Die Absolution für all meine Sünden.“

„In den letzten Tagen, hat sich Herr Kupfer vielleicht verändert? Haben Sie da etwas gemerkt?“

Sabine war fertig. Die Blütenblätter waren zu einer perfekten Linie in der Mitte des Tisches angeordnet. Sie betrachtete sie, ihre Augen wirkten trüb, sie selbst schien wie aus einem tiefen Schlaf erwacht. „Was sagten Sie?“

„Das war nicht so wichtig“, winkte Paul ab. „Sabine, ich habe keine Fragen mehr an Sie.“

Die Frau musterte ihn, als würde sie ihn zum ersten Mal sehen und nickte zaghaft. Sie erhob sich, in der Absicht, zu gehen.

Paul langte über den Tisch und hielt ihren Arm fest. „Ich habe keine Fragen mehr an Sie, Sabine. Aber...“

„Aber was?“, fragte sie voller Panik.

„Ich würde gerne mit Irene sprechen.“

„Irene?“ Ihre Stimme zitterte.

„Ja. Mit Irene, Ihrer Schwester.“

„Ich verstehe Sie nicht. Irene ist nicht hier. Ich habe sie seit Jahren nicht gesehen.“ Sabine versuchte, sich loszureißen, aber Paul hielt sie eisern fest.

„Sie lügen. Irene ist in diesem Haus. Wir wissen es beide. Sie ist sogar in diesem Zimmer.“

„Irene ist tot!“ Die letzten Worte wurden mit einem heiseren Krächzen ausgestoßen.

Paul schüttelte den Kopf, zeigte mit seiner Hand auf die Blütenlinie und meinte: „Das glaube ich nicht. Ich will mit Irene sprechen."

Die Frau ließ sich wie kraftlos auf ihren Stuhl zurückgleiten. Paul hatte sich erhoben, hielt sie aber weiterhin am Arm fest. Ich konnte sehen, wie ihre Schultern bebten, dann straffte sich ihr Rücken, sie hob ihren Kopf und blickte direkt zu Paul.

„Wie haben Sie es herausgefunden?", sagte sie mit einer Stimme, die mit einem Mal nicht das geringste Anzeichen von Unsicherheit erkennen ließ.

„Irene, sind Sie das?", fragte Paul.

„Wer sonst!", gab sie zurück.

„Die Blütenblätter haben mich zu Ihnen geführt", meinte Paul.

Irene lachte. „Sabine kann es einfach nicht lassen. Ich sage ihr immer wieder, sie soll sich zurückhalten. Aber sie hört nicht auf mich. Wie damals…"

„Damals?"

„Sabine wollte aussteigen. Ich habe ihr gesagt, *Bine, lass das sein, das bedeutet unser Todesurteil.*" Irene seufzte. „Aber sie musste ja mal wieder ihren Kopf durchsetzten. Jüngere Geschwister denken, sie kommen mit allem davon."

Paul nickte und ließ ihren Arm los, um sich auf seinen Stuhl zu setzen.

„Sie haben uns in den Wald gebracht, dort, wo wir uns immer trafen. Ich habe versucht, die anderen abzulenken, damit Sabine fliehen konnte. Obwohl ich wusste, dass es sinnlos ist." Irene brach ab.

„Sinnlos?", wiederholte Paul.

„Absolut. Sie haben mich bestraft, Sabine eingefangen und wieder zurückgebracht."

„Was haben die anderen Ihnen angetan?"

Irene lachte schrill auf. „Das Übliche, was man mit Verrätern macht. Sie haben mir einen Dolch in den Rücken gerammt und mich in eine Grube geschmissen. Und dann…"

„Und dann?"

„Dann haben sie Sabine abgestochen und zu mir geworfen. Ihre Wunde war tief. Sie schrie. Und sie blutete wie…" Irene hielt inne und sah Paul mit einem fragenden Lächeln an. „Wie nennt man das nochmal?"

„Sie blutete sehr stark", beeilte sich Paul, zu sagen.

„Nein. Das war es nicht, was ich ausdrücken wollte." Irene hob ihren Zeigefinger und pochte mit dessen Spitze auf die Tischplatte. „Sie blutete wie ein Schwein… Und ja, sie wussten, dass sie noch nicht tot war. Aber sie haben sie trotzdem zu mir hineingeworfen. Ganz so, wie man Müll entsorgt" Sie schüttelte leicht wehmütig ihren Kopf. „Nein, nein. Sie war noch nicht tot. Ganz bestimmt nicht - und dennoch haben sie uns beide zusammen verscharrt."

Paul war grau im Gesicht. „Das ist ja furchtbar. Wie konnten Sie das überleben?"

„Na, wie wohl?" Irene lachte schelmisch. „Sabine hat sich wieder herausgegraben. Es hat gedauert, aber sie hat es geschafft."

„Und Sie?"

Irene lächelte. „Sie hat mich mitgenommen."

Für eine Zeitlang blieb es still in unserem Raum. Irene saß vollkommen ungerührt auf ihrem Stuhl und brachte die Blütenblätter mit einer entschiedenen Geste ihrer Hand durcheinander.

Paul atmete tief durch. „Haben Sie das auch Pfarrer Kupfer erzählt?"

Irene sah auf. „Natürlich nicht sofort. Aber mit der Zeit haben wir Vertrauen zu ihm gefunden und gebeichtet. Er kennt unsere gesamte Geschichte. …Auch alles andere. Aber das werde ich Ihnen nicht verraten." Sie lächelte regelrecht gewitzt „Ich habe ja schon meine Absolution erhalten."

„Die will ich Ihnen auch gar nicht streitig machen. Das ist eine Sache zwischen Ihnen, Pfarrer Kupfer und Gott. Aber die Menschen, die Ihnen und Ihrer Schwester das angetan haben…"

Irenes Ausdruck wurde leer. „Ich kann mich an keine Namen erinnern. Und auch nicht mehr an die Gesichter."

„Ist wirklich alles weg?", erkundigte sich Paul.

Sie nickte wie in Zeitlupe. „Alles ist im Grab geblieben."

18

„Kann ich helfen?“, fragte ich.

Der Tisch mit den Geschenken glich einem Schlachtfeld. Einem geordneten, wohldurchdachten, aber eben …Schlachtfeld.

Satorius blickte von seiner Arbeit hoch. Er war gerade damit beschäftigt, die kunstvoll verpackten Präsente in gelben Kartons zu verstauen. „Wenn du dir das antun möchtest…“ Er machte eine einladende Handbewegung.

Ich nahm auf einem Stuhl Platz und sah erwartungsvoll zu Lorenzo. Der beäugte mich geradezu skeptisch, atmete schließlich tief ein, um nicht zu sagen resignierend, und reichte mir mehrere Bögen mit Adressaufklebern.

„Was soll ich damit?“, erkundigte ich mich.

„Die klebst du jetzt sorgfältig auf die fertigen Postpäckchen.“

„Und da kann ich nichts falsch machen? Ich meine, dass ich vielleicht jemandem irrtümlich etwas schicke, das für eine andere Person gedacht war?", witzelte ich.

Lorenzos Miene wandelte sich zu *Alarmstufe Gelb.*

„Nein", erwiderte Satorius. „Hier geht es vollkommen demokratisch zu. Jeder bekommt das Gleiche."

Mit Schwung zog ich eine Etikette von der Folie ab. Das Ding klebte sich augenblicklich um meine Finger und verknitterte. Verstohlen pappte ich es schräg auf einen der Kartons und als es sich wellte, versuchte ich, es nachdrücklich mit dem Daumen zu glätten.

Paul trat von hinten neben mich und nahm mir den Bogen sanft aber bestimmt aus der Hand. „Es ist besser, wenn du uns eher moralisch unterstützt. Sonst kriegt Lorenzo noch einen Herzinfarkt."

Ich wollte protestieren, aber Lorenzos Wangen waren inzwischen tatsächlich rot gefleckt. Also lehnte ich mich nach hinten und beschränkte mich darauf, Paul die Päckchen zu reichen, der jetzt meine Aufgabe übernahm. Er stellte sich wesentlich geschickter an, als ich.

„Wie war's heute in der Villa?", fragte Satorius, ohne auch nur einen Blick von seiner Arbeit zu nehmen.

„Bei den Sektenaussteigern?", antwortete ich. „Sachdienliches haben wir durch unsere Befragungen nicht herausbekommen. Aber Paul hat dort eine ganz große Nummer abgezogen."

„Hat er?", wollte Lorenzo wissen. Die Flecken verschwanden allmählich aus seinem Gesicht und auch seine Atmung hatte sich wieder beruhigt.

„Und wie!", bestätigte ich. „Der Prof hat recht gehabt. Die Klienten sind allesamt schwerst traumatisiert. Besonders die Letzte, die wir befragt haben."

„Ein pathologischer Zustand?", fragte Satorius.

„Multiple Persönlichkeitsstörung", antwortete Paul.

„Hm", meinte Satorius nach kurzem Zögern. „Ein seltener Befund, kommt aber durchaus vor."

„Sie hat uns Dinge erzählt… Wenn ich darüber nachdenke, stehen mir jetzt noch die Haare zu Berge", sagte ich.

„Wahnvorstellungen?", setzte Satorius nach.

Paul wiegte seinen Kopf von einer Seite zur anderen. „Nein, das glaube ich nicht. Dazu waren ihre Aussagen viel zu konkret. Ich nehme an, sie hat uns von einem anderen, wirklichen Verbrechen berichten wollen. Oder…", fügte er nach einer Weile hinzu, „von einer ganzen Reihe."

„Kann das etwas mit dem Mord an Pfarrer Kupfer zu tun haben?"

„Das denke ich nicht", antworteten Paul und ich fast zeitgleich.

Satorius sah auf und lächelte in Lorenzos Richtung. Der antwortete ihm mit einem verstohlenen Zwinkern.

„Es gibt keine erkennbare Verbindung zum Pfarrer", stellte Paul klar. „Dennoch sollten wir auch dieser Sache nachgehen. Aber eins, nach dem anderen. Wenn ich die Aufgabe als Sektenbeauftragter übernommen habe, werde ich genug Zeit haben, um mich mit der Geschichte dieser armen Frau näher zu befassen."

„Dann hast du dich also entschieden?", fragte Lorenzo. „Du wirst die Nachfolge von Pfarrer Kupfer antreten?"

„Zum Teil. Seine Kirchengemeinde übernehme ich

nicht, denn ich habe noch diesen kleinen Nebenjob."

„Paul untertreibt wie immer", sagte ich. „Unsere Ermittlungen sind alles andere als ein Nebenjob."

Ich räumte den ersten Stapel fertiger Pakete vom Tisch, um etwas Platz zu schaffen. Lorenzo half mir. „Wolltet ihr euch heute nicht mit dieser Journalistin treffen?", fragte er dabei.

„Die Reporterin hielt es für besser, sich zurückzuziehen. Sie meinte, sie würde bei den Gesprächen nur stören und die Privatsphäre der Bewohner verletzen. Wir haben sie hinterher im Café getroffen und ein wenig mit ihr geplaudert. Das reichte ihr."

„Ein netter Zug. Diskretion ist selten bei Leuten von der Presse", sagte Satorius.

„Finde ich auch", gab ich ihm recht. „Dennoch ist die Journalistin etwas komisch."

„Komisch?", wiederholte Satorius.

„Extrem wechselhaft. An einem Tag ist sie fröhlich und unbeschwert, am nächsten Tag distanziert und eiskalt. Ich werde einfach nicht schlau aus ihr."

„Ach, mia cara", bemerkte Lorenzo, „vielleicht jagst du ihr nur eine Heidenangst ein."

„Ich?", sagte ich gedehnt.

„Gib es zu", lachte Paul. „Manchmal kannst du sehr… beeindruckend sein."

„Ich weiß nicht, was ihr wollt", protestierte ich. „Aber ehrlich gesagt, ist es mir auch egal. Ich bin viel zu gut drauf. Denn morgen… morgen darf ich zum ersten Mal Julia mit dem ausdrücklichen Segen des Gerichts sehen."

„Dein betreuter Umgang?"

„Genau", sagte ich. „Morgen um ein Uhr im Kinderschutzbund. Zwei Stunden. Julia und ich und eine Ehrenamtliche, die mich überwacht."

„Mia cara, das ist wundervoll! Das wird ein wichtiger Tag für dich!“ Lorenzos Augen strahlten richtig, so sehr freute er sich mit mir.

Paul sammelte mehrere leere Folien auf und stopfte sie in einen bereitgestellten Abfalleimer. „Nicht nur ein wichtiger, sondern auch ein stressiger Tag“, warf er ein. „Gegen elf Uhr ist Pfarrer Kupfers Beerdigung. Dort müssen wir natürlich hin.“

„Das versteht sich von selbst“, bestätigte ich. „Vielleicht fällt uns etwas auf. Es wäre nicht das erste Mal, dass ein Mörder am Grab erscheint.“

„Klingt irgendwie melodramatisch, wie du das ausdrückst“, bemerkte Satorius. „Es trifft aber tatsächlich zu… Wie es der Zufall will, erweisen Lorenzo und ich morgen ebenfalls einem Toten die letzte Ehre.“

„Aber es handelt sich nicht um Pfarrer Kupfer, oder?“

„Nein. Ein langjähriger Freund und Arbeitskollege von mir ist verstorben. Er litt seit vielen Jahren an einer Krebserkrankung. Sein Name war Kolb. Rüdiger Kolb.“

Während Satorius sprach, hatte ich den Eindruck, dass sich Lorenzos Gesicht zunehmend verschloss. Aber vielleicht täuschte ich mich auch.

Das Telefon klingelte.

„Lasst nur, ich gehe schon“, sagte Paul, und bevor einer von uns sich bewegen konnte, hatte er sich bereits erhoben und schritt durch den Raum. Wir hörten undeutlich, wie er sich meldete und einige Worte wechselte.

Kurze Zeit später kam er mit dem Hörer zurück.

„Wer ist es?“, fragte Lorenzo.

„Ein Herr van Dyke. Er will den Prof sprechen.“

Diesmal war ich mir sicher. Ein schwarzer Schatten legte sich über Lorenzos Züge. Aber auch Satorius wirkte verändert. Alle Fröhlichkeit war mit einem Schlag aus ihm gewichen. Mit einer geradezu herrischen Geste streckte er wortlos seinen Arm aus, ergriff das Telefon und fuhr damit zum Wintergarten. Dort angekommen, nahm er sich sogar die Zeit, die Schiebetür gewissenhaft hinter sich zu schließen. Niemals zuvor hatte sich Satorius in unserer Gegenwart derartig verhalten.

Ich wandte mich Lorenzo zu. „Was ist los? Der Prof sah angespannt aus."

Lorenzo antwortete mir nicht. Er griff sich stattdessen den letzten Bogen der Adressaufkleber, blickte starr darauf, bevor er ihn mit einem entschiedenen Ruck zerriss. „Ich habe wirklich keinen Nerv mehr, noch länger herumzusitzen und dieses nutzlose Zeug einzupacken. Ich brauche eine Pause." Er stieß sich vom Tisch ab, richtete sich auf und ließ uns allein.

Die Eingangstür fiel ins Schloss.

Ich wandte mich Paul zu. „Was ist denn in die beiden gefahren?"

Der sah mich nur ratlos an. „Keine Ahnung."

19

Über Nacht hatte es angefangen, zu tauen. Ein heftiger Sprühregen ging über dem Friedhof nieder. Hunderte von Besuchern klammerten sich an ihre Regenschirme und stemmten sich gegen den nassen und kalten Wind. Der Kirchenchor hatte gesungen, ein Posaunenorchester hatte gespielt, unterbrochen durch nichtssagende Lobesreden, die irgendwelche hohen Würdenträger von Kirche und Politik zum Besten gaben. Schließlich hatten sich alle genügend produziert und wir durften nach Hause gehen. Mit leicht steifen Gliedern stapften wir über die matschigen Wege zwischen den Gräbern Richtung Heimat.

Meine Hoffnung, neue Erkenntnisse über den Verstorbenen zu gewinnen, vielleicht sogar einen Verdächtigen in den Reihen der Trauergäste zu entdecken, hatte sich als illusorisch erwiesen. Jetzt war ich nur noch froh, möglichst schnell zu meinem Auto zu kommen, um das hier alles hinter mir zu lassen. Beerdigungen waren eindeutig nicht mein Ding.

Ein letztes Mal blickte ich in die Runde. Allen anderen schien es genauso zu gehen. Paul, der neben mir lief, machte in diesem Fall eine rühmliche Ausnahme. Er war in Gedanken versunken. Offensichtlich beschäftigte er sich tatsächlich mit dem Schicksal des Verstorbenen. *Wenigstens einer* – dachte ich.

Wahrscheinlich hatte ich mich ein wenig zu sehr beeilt, oder ich war meine neuen Winterstiefel noch nicht gewöhnt, jedenfalls rutschte ich auf einer halb geschmolzenen Eisplatte aus, strauchelte und wäre beinahe gestürzt. Paul fing mich blitzschnell auf. Ich lächelte ihn an und ließ mich einen Moment länger halten, als es nötig gewesen wäre. Unsere Blicke trafen sich, und ich hatte das erste Mal den Eindruck, dass die Barriere, die bislang zwischen uns bestanden hatte, nahezu verschwunden war.

Bis zur Aussegnungshalle war es nicht mehr weit. Auf einer Art Leiterwagen stand ein einzelner Sarg. Ein schlichtes Blumengesteck lag darauf und zwei Kränze hingen an einer Seite. Gerade als ich dachte, dass dem Friedhofspersonal wohl niemals die Arbeit ausgeht, erkannte ich Satorius. Er trug einen schwarzen Mantel und hatte sich einen dazu passenden Hut aufgesetzt. Lorenzo – ebenfalls in Trauerkleidung - wirkte neben ihm groß und schlank. Sein silbernes Haar leuchtete im Grau des Tages. Zum Schutz vor dem ekelhaften Nieselregen hatte er einen großen Schirm aufgespannt, unter dem sie beide Platz fanden.

Hier gab es keine weiteren Gäste, keine Redner, keine Musik. Hier gab es nur den Tod und zwei echte Freunde.

„Richtig beeindruckend“, sagte Satorius zur Begrüßung und wies auf die Menge, die rund hundert Meter entfernt im Begriff war, sich aufzulösen.

„Pfarrer Kupfer war allgemein sehr geschätzt", bemerkte Paul.

„Und jeder, der von seiner Popularität ein letztes Mal profitieren wollte, hat sich hier gezeigt", ergänzte ich trocken.

„Du darfst nicht so streng mit deinen Mitmenschen sein", erwiderte Satorius, und mit einem kleinen Lächeln fügte er hinzu. „Es gibt keine anderen."

Eine kleine Frau mit großer Brille, ebenfalls in Trauerkleidung, kam aus der Halle und gesellte sich zu uns.

„Anne und Paul", sagte Satorius, „darf ich euch Frau Eisenburger vorstellen? Sie hat meinen verstorbenen Freund Rüdiger in den letzten Jahren gepflegt und versorgt."

Frau Eisenburgers Handschlag fiel kraftlos aus. „Ich freue mich, Sie kennenzulernen", sagte sie.

Weitere Schritte ertönten hinter mir, und als ich mich umdrehte, erkannte ich Herrn Trümmberg, der ebenfalls zu uns eilte. In seinen Händen trug er einen überdimensionalen Kranz auf dessen Schleife in großen Buchstaben *In dankbarer Erinnerung* prangte. Er hängte den Kranz neben die beiden anderen und wandte sich uns mit einem fast verlegenen Gesichtsausdruck zu.

„Was machen Sie denn hier, Herr Trümmberg?", fragte ich erstaunt.

Herr Trümmberg versuchte, zu antworten, aber bevor er etwas erwidern konnte, unterbrach ihn Paul. „Herr Trümmberg, darf ich Ihnen Herrn Professor Satorius und Herrn Falcone vorstellen? Beides langjährige und enge Bekannte des Verstorbenen."

Hände wurden geschüttelt und dann fragte Satorius: „Woher kannten Sie Rüdiger Kolb?"

Herr Trümmberg machte die Andeutung einer entschuldigenden Geste. „Ich muss Ihnen leider gestehen, dass ich Herrn Kolb überhaupt nicht kannte. Aber vor mehreren Wochen hat er mich angerufen und mir mitgeteilt, dass er einen Großteil seines Vermögens – und er nannte eine wirklich respektable Summe – unserem Refugium vermachen würde."

„Rüdiger hatte keine Familie. Ich weiß, dass er schon länger überlegte, wer sein Eigentum später bekommen sollte. Dennoch… hat er Ihnen gesagt, was ihn dazu bewogen hat, sich für die Villa zu entscheiden?", fragte Satorius. Dabei konnte er seine Überraschung nur schwer verbergen.

Herr Trümmberg schüttelte bedauernd den Kopf. „Nein. Ich wollte mich mit ihm treffen, um mich zu bedanken, vielleicht hätte er es mir bei dieser Gelegenheit erklärt, aber in der Vorweihnachtszeit hatten wir in der Kirche so viel zu tun und dann ist er ja so unvermittelt gestorben… Ich hätte ihn sehr gerne kennengelernt."

„Ich kann Ihnen versichern", sagte Satorius, „Rüdiger war wirklich ein außergewöhnlicher Mensch."

„Das stimmt", pflichtete ihm Frau Eisenburger bei. Sie hatte Tränen in den Augen.

Ich vernahm erneut Schritte, und ein hagerer Mann trat zu uns. Er war ungefähr in Satorius' Alter, seine grauen Haare schütter, das Gesicht angespannt und streng.

„Nicolas, da bist du ja", begrüßte ihn Satorius.

„Ich habe dir mitgeteilt, dass ich komme. Und du weißt, dass ich immer Wort halte."

„Ja, immer", bestätigte Satorius, und es klang wie eine Anklage. „Darf ich dir die Anwesenden vorstellen?"

Der Fremde nickte ernst, während er uns aufmerksam musterte.

„Frau Eisenburger, Rüdigers Haushälterin. Mein Ziehsohn, Herr Wagner, und seine Kollegin, Frau Steinbach. Herr Trümmberg von der Kirchengemeinde. Zu Lorenzo muss ich nichts sagen, er ist dir nicht fremd", zählte Satorius auf. Dann wandte er sich uns zu: „Und das ist Nicolas van Dyke. Wir kennen uns…", Satorius stockte.

Van Dykes dünne Lippen verzogen sich zu der Andeutung eines Lächelns und er beendete Satorius' Satz mit: „…aus einem anderen Leben."

Satorius ließ die letzte Bemerkung unkommentiert. Stattdessen betätigte er den Elektromotor seines Rollstuhls und fuhr in Richtung der Gräber davon. Lorenzo schritt neben ihm, ständig darauf bedacht, den Regenschirm über ihnen beiden zu balancieren. Wir schlossen uns an.

Eine einzelne Person erschien zwischen den matt glänzenden Grabsteinen. Sie ging Satorius entgegen. Nur wenige Meter von uns entfernt trafen sie sich. Ich konnte die Frau jetzt erkennen. Frau Agulescus Miene wirkte kalt und ausdruckslos. Sie fixierte Satorius eine Zeitlang. Dann beugte sie sich vor und streckte ihre Hand aus. „Sie müssen Professor Satorius sein", hörte ich sie sagen.

Satorius legte seinen Kopf ein wenig schief, wie er es immer tat, wenn er angestrengt nachdachte, ergriff nach einigem Zögern ihre Hand und schüttelte sie.

Ich ging mit Paul, Frau Eisenburger, Herrn Trümmberg und Herrn van Dyke hinüber. „Wie schön, dass ihr euch schon bekanntgemacht habt… Prof, das ist Frau Agulescu – die Journalistin, von der ich dir erzählt habe."

„Agulescu?“, wiederholte van Dyke gedehnt. „Der Name klingt rumänisch.“

„Stimmt“, erwiderte die Journalistin. „Meine Mutter stammte aus Hermannstadt. Vielleicht haben Sie schon einmal von dem Ort gehört.“

Van Dyke warf Satorius einen schnellen Blick zu, bevor er erwiderte: „Doch, sicher. Wer hat das nicht?“

Ich sah auf meine Uhr. Ich war spät dran. Mein nächster, überaus wichtiger Termin wartete bereits.

„Also“, sagte ich. „Tut mir echt leid, Prof. Aber du weißt ja, ich muss gehen. Wegen Julia.“

Ich langte ihm zum Abschied an die Schulter. Er schaute zu mir empor, seine Augen nachdenklich. Schnell tätschelte er meine Hand. „Beeil dich. Wir treffen uns dann heute Abend.“

Lorenzo trat hinter Satorius' Rollstuhl, griff in das dort angebrachte Tragenetz und zog eine größere Plastiktüte heraus. „Hier nimm“, sagte er. „Das wirst du brauchen.“

Als er meinen fragenden Blick bemerkte, fügte er hinzu. „Kinder lieben hübsch eingepackte Sachen. Was du verbrochen hattest… “, er zwinkerte, doch es wirkte nicht echt „,…ich bin sicher, jetzt gefällt es Julia und auch dir.“

Dankbar schnappte ich mir die Tüte, nickte allen zum Abschied zu und machte, dass ich davonkam.

Für heute hatte ich wirklich genug von Friedhöfen.

20

Julia redete ohne Punkt und Komma. Sie erzählte von ihrer Schule, von Freundinnen und Lieblingsfernsehserien. Ich saß einfach da, beobachtete sie und vergaß die Welt um mich herum.

Meine Tochter war wieder ein ganzes Stück gewachsen, seitdem ich sie das letzte Mal gesehen hatte. Sie glich jetzt mehr einem jungen Mädchen, als einem Kind. Sie hatte kluge Augen und hielt sich auffallend gerade, während sie sprach.

Jetzt brach sie ab und sah mich erwartungsvoll an. Offensichtlich wollte sie etwas von mir wissen. Leider hatte ich den Sinn ihrer letzten Sätze überhaupt nicht mitbekommen. Irgendetwas mit Haustieren.

„Nun“, tastete ich mich vorsichtig heran, „das scheint mir kompliziert. Wie würdest du das denn entscheiden?“

Die ehrenamtliche Mitarbeiterin des Kinderschutzbundes, die in der Ecke des unpersönlichen Mehrzweckraumes saß, warf mir einen forschenden

Blick zu. Offensichtlich argwohnte sie, dass ich etwas Negatives über Yannick, meinen Ex-Mann, sagen könnte. Und das war mir strikt verboten. Sollte ich mich während meiner Treffen mit Julia nicht an diese Vorgabe halten, wäre das ein Grund, den begleiteten Umgang zu hinterfragen.

Ich lächelte der Ehrenamtlichen betont herzlich zu und wartete darauf, was mir Julia antwortete.

Sie runzelte die Stirn, während sie angestrengt nachdachte. „Na ja“, sagte sie schließlich. „Katzen sind vielleicht etwas einfacher zu halten. Die brauchen nur ein Katzenklo. Das muss man zwar putzen, aber Papa meint, das könnte unsere Haushälterin übernehmen. Hunde wollen Gassi gehen. Und dafür hat Papa nicht genügend Zeit.“

Natürlich – dachte ich – *nach Feierabend muss er jungen Dingern nachstellen.*

Laut sagte ich: „Da hat dein Vater ganz recht. Ein Hund bedeutet eine hohe Verantwortung. Aber vielleicht kann man das mit einem Hundesitter lösen.“

Julia nickte und ihre Augen wanderten zu der Plastiktüte, die neben mir auf dem Boden stand. „Hast du mir etwas mitgebracht?“

Ich tat unbeteiligt. „Wer weiß? Wollen wir einmal nachsehen?“

Kaum hatte ich zu Ende gesprochen und die Tasche ergriffen, stand die Ehrenamtliche auf und näherte sich uns unaufdringlich, aber doch bestimmt.

Wie im Knast – schoss es mir durch den Kopf.

Ich reichte Julia das von Lorenzo prächtig eingewickelte Geschenk und war überaus dankbar, dass er mir geholfen hatte.

Julia öffnete behutsam die üppige Schleife, streifte das sternenbedeckte Einpackpapier zur Seite und brachte ein Buch zum Vorschein.

Die Ehrenamtliche hielt sich jetzt nicht mehr zurück. Sie beugte sich weit vor, um den Titel zu erkennen. Wahrscheinlich hatte sie Angst, dass ich Julia eine Anleitung zum Bau von Molotow-Cocktails mitgebracht hatte.

„Peterchens Mondfahrt“, las Julia laut vor und zeigte ihr unaufgefordert das Cover. Schlaues Kind – sie hatte gleich begriffen, wie das hier lief.

Die Ehrenamtliche wirkte fast ein wenig enttäuscht, kehrte zu ihrem Sessel zurück und spielte wieder unsichtbar.

„Mama“, sagte Julia mit vorwurfsvollem Ton in der Stimme. „Das ist doch was für Kleine.“

Ich verstand sofort, was sie meinte. „Klar weiß ich, dass du schon groß bist. Aber das ist eine wirklich tolle Geschichte. Es geht um zwei Kinder, die sich mit einem ganz gefährlichen Verbrecher anlegen müssen. Und ich sage dir, da geht es richtig zur Sache.“

„Echt?“, Julias Augen begannen zu leuchten. Sie war eben meine Tochter.

„Wenn du willst, können wir uns drüben auf das Sofa setzen und wir schauen uns gemeinsam zunächst einmal die Bilder an. Dann kannst du entscheiden, ob wir es lesen sollen.“

Anstatt zu antworten, sprang Julia auf, ging die paar Schritte zur Couch und ließ sich darauf nieder. Ich folgte ihr, hielt das Buch zwischen uns und wir betrachteten eingehend die alten, farbigen Illustrationen, in deren phantasievollen Details man sich nur allzu leicht verlieren konnte.

Als ich aufsah, bemerkte ich, dass die Ehrenamtliche mit ihrem Zeigefinger auf die Uhr an ihrem linken Handgelenk deutete. Unsere gemeinsame Zeit neigte sich dem Ende entgegen.

„Scheint interessant zu sein“, sagte ich zu Julia. „Was meinst du?“

„Eher für Erstklässler. Aber wenn es dir Spaß macht, können wir es nächstes Mal lesen.“

„Abgemacht“, lächelte ich. „Und bis dahin…“, ich kramte wieder in meiner Tüte und reichte ihr mein zweites und letztes Geschenk.

„Noch ein Buch?“, fragte Julia. Sie packte es unter den Augen der herangeeilten Ehrenamtlichen aus, öffnete es und sah erstaunt auf die leeren Seiten. „Aber da steht ja gar nichts drinnen!“

„Nein“, antwortete ich. „Ich dachte mir, du erlebst doch so viel. Und ich bin nicht dabei. Aber ich wäre es gerne. Wenn du möchtest, kannst du alles, was du für wichtig hältst, da hineinschreiben. Nur damit du nichts vergisst. Das kannst du dann zu unseren Treffen mitbringen.“

„Gute Idee, Mama.“ Julia ergriff die beiden Bände und klemmte sie entschlossen unter ihren Arm.

Die Ehrenamtliche hatte sich nicht wieder hingesetzt. Ihr Blick mahnte zum Aufbruch.

Ich erhob mich. Julia kam zu mir, drückte sich zuerst an mich und ging dann ohne weiter aufgefordert zu werden hinaus in das Foyer.

Ich nickte unserer Wärterin zum Abschied noch einmal zu und folgte nach draußen.

Yannick stand bereits am Empfangstresen. Seine gesamte Körperhaltung drückte Anspannung und kaum verborgene Ungeduld aus. Er unterhielt sich mit der Sekretärin und blickte dabei streng in unsere Richtung.

„Ihr seid zu spät“, begrüßte er mich. „Ganze zwölf Minuten.“

Julia presste die Bücher mit beiden Händen gegen ihren Oberkörper und blieb in der Mitte des Flures stehen.

„Hallo Yannick“, sagte ich.

Er tat so, als hätte er mich überhaupt nicht gehört, während er auf unsere Tochter deutete. „Du darfst ihr keine Geschenke machen. Es ist zwar verständlich, dass du dir ihre Zuneigung erkaufen willst, aber das ist weder erlaubt, noch anständig.“

„Wir haben gemeinsam gelesen“, antwortete ich.

„Egal, wie du das nennst. Ich möchte nicht, dass du dich wieder in ihr Vertrauen schleichst. Dafür hast du dir einfach zu viel geleistet.“

Die Ehrenamtliche schob sich zwischen uns. „Herr Steinbach. Ich verstehe Ihren Unwillen. Und es tut mir leid, dass es etwas länger gedauert hat, aber wir haben auch später angefangen. Der Raum war noch nicht frei.“

„Es ist für mich ohne Belang, wenn Sie hier unorganisiert arbeiten. Das einzige, was mir am Herzen liegt, ist das Wohl meiner Tochter. Julia hat schon genug unter dem …sagen wir einmal …*seltsamen Charakter* ihrer Mutter gelitten. Ich möchte lediglich sicherstellen, dass diese Beeinträchtigungen nicht unnötig fortgesetzt werden.“

„Ich versichere Ihnen, dass wir…“, die Ehrenamtliche kam nicht dazu, zu Ende zu sprechen. Die Eingangstür öffnete sich und Paul stürmte herein. Sein Gesicht war leicht gerötet.

Yannick drehte sich zu ihm um, und sein herablassendes Lächeln erstarb, als er ihn erkannte.

„Hallo Paul!“, rief Julia begeistert. „Schau mal, was mir Mama gegeben hat!“ Sie hielt Peterchens Mondfahrt hoch.

Paul ging zu ihr, fuhr ihr mit der Hand sanft über den Kopf und betrachtete das Buch, als sähe er es das erste Mal. „Da hast du ja einen spannenden Krimi bekommen."

„Der Mann im Mond ist richtig gruselig." Julia strahlte.

Yannick räusperte sich. „Seltsam, dass wir uns schon wieder sehen, Herr Wagner. Müssen Sie nicht in Ihrer Gemeinde tätig sein?"

Paul richtete seinen Blick auf Yannick und das Lächeln, das auf seinem Gesicht erschien, wirkte fast echt. „Bin ich doch gerade, Herr Steinbach."

„Ich schlage vor", meldete sich die Ehrenamtliche zu Wort, „dass ich Frau Steinbach einen Kaffee anbiete, während der Vater mit Julia schon einmal nach Hause geht. …Herr Wagner, möchten Sie auch etwas trinken?"

„Wenn Sie einen zweiten Kaffee hätten, wäre das wirklich wunderbar", antwortete Paul, ohne seine Augen von Yannick zu wenden.

Der biss sich kurz auf die Lippen, schob Julia in Richtung der Garderobe und nahm etwas zu hastig ihren Anorak vom Haken, um ihn ihr hinzuhalten. Julia zögerte, ihre Geschenke loszulassen, stellte sie dann doch kurzerhand auf den Boden und schlüpfte in ihre Jacke.

„Sie haben den Termin für das nächste Treffen erhalten?", erkundigte sich die Ehrenamtliche.

„Meine Sekretärin kümmert sich um solche Banalitäten", erwiderte Yannick, nickte förmlich in unsere Richtung und verließ mit Julia, die die Bücher wieder fest an sich gedrückt hielt, den Raum. Im Hinausgehen hörte ich Julia sagen: „Ich habe Mama erklärt, dass du keinen Hund kaufen kannst, weil es schwierig ist, so früh aufzustehen." Und Yannick antwortete mit einem hastigen Blick nach hinten: „Warum sagst du das? Selbstverständlich schaffen wir uns einen Hund an, wenn du das möchtest."

21

Wir waren im Begriff, den beiden zu folgen, als uns die Ehrenamtliche aufhielt. Sie trug in jeder Hand einen Kaffee.

„Ich glaube, es ist besser, wenn Sie noch eine Weile hier bleiben."

Ich nahm meine Tasse, Paul tat es mir gleich und bedankte sich mit einem höflichen Nicken. Wir gingen zum Tresen und stellten unsere Getränke darauf ab.

Durch die breiten, sprossenlosen Fenster konnte ich nach unten auf die Straße sehen. Keine zweihundert Schritte entfernt entdeckte ich Yannicks silberfarbenen Mercedes. Ich versuchte zu trinken, aber die Flüssigkeit war noch zu heiß. Also pustete ich stattdessen hinein.

„Wie bist du überhaupt hergekommen?", fragte ich Paul.

Paul war mutiger als ich. Er nippte bereits an seinem Becher. „Frau Agulescu hat mich netterweise mitgenommen und hier abgesetzt. Ich musste dich unbedingt sehen."

„Hattest du wohl Angst, dass ich Yannick…", ich schluckte den Rest des Satzes hinunter und deutete stattdessen in Richtung Tür.

Auf Pauls Gesicht erschien ein Grinsen. „Nein. Ich war sicher, dass du ihm nichts antust." Er beugte sich zu mir vor und flüsterte, so dass nur ich ihn verstehen konnte: „Zumindest nicht vor Zeugen."

Ich grinste auch. „Du kennst mich zu gut."

Diesmal erwiderte Paul nichts, sondern blickte mich nur über den Rand seiner Tasse hinweg an, und der Ausdruck seiner Augen hatte eine neue Qualität.

„Spann mich nicht länger auf die Folter und sag mir, warum du gekommen bist", sagte ich, nur um irgendetwas von mir zu geben.

„Ich habe nachgedacht, Anne."

„Der Anfang klingt vielversprechend."

„Genau. Wir waren heute auf Herrn Kupfers Beerdigung."

„Und?"

„Und gleich danach wurde dieser Rüdiger Kolb beerdigt. Das ist Zufall Nummer eins."

Ich runzelte die Stirn und Paul fuhr fort. „Wie wir gehört haben, hat Herr Kolb ein stattliches Vermögen genau der Stiftung vermacht, die Pfarrer Kupfer halb legal führte. Das ist Zufall Nummer zwei."

Mein Kaffee hatte inzwischen eine Temperatur, die es mir erlaubte, zu trinken. Er schmeckte nicht einmal schlecht.

„Dann habe ich mich vorhin mit Herrn Kolbs Pflegerin und Frau Agulescu auf dem Friedhof unterhalten. Der Prof, Lorenzo und dieser mysteriöse van Dyke waren schon gegangen. Lorenzo war es zu kalt.

Die Pflegerin hat mir den Zeitpunkt von Herrn Kolbs Tod genannt… Und stell dir vor: Er und Pfarrer Kupfer sind ungefähr zur gleichen Zeit gestorben."

„Zufall Nummer drei", kommentierte ich trocken.

Pauls Gesicht wirkte triumphierend. „Aber das ist noch nicht alles. Der Ort, an dem Pfarrer Kupfer ermordet wurde, liegt nur wenige hundert Meter von Herrn Kolbs Wohnhaus entfernt."

„Das sind mir dann doch zu viele Zufälle", sagte ich.

„So sehe ich das auch", meinte Paul. „Deshalb habe ich Frau Agulescu gebeten, mich hierher zu fahren."

Unten auf der Straße konnte ich sehen, wie Yannick seinen Mercedes per Funk entriegelte, die Seitentür öffnete und Julia dabei behilflich war, einzusteigen. Sie nahm ganz vorschriftsgemäß auf dem Rücksitz Platz. Er ging auf die Fahrerseite hinüber, warf noch einen kurzen Blick hinauf zu den Fenstern des Kinderschutzbundes, kletterte selbst in den Wagen, und nach wenigen Sekunden waren er und Julia aus meinem Sichtfeld verschwunden.

Gewaltsam riss ich mich zusammen. „Ich denke, wir sollten dieser Pflegerin einen Besuch abstatten."

Paul nickte und sah auf seine Uhr: „Ich habe in einer Dreiviertelstunde einen Termin mit ihr vereinbart. Ich denke, mit deinem schicken neuen Auto schaffen wir es locker, pünktlich dort zu sein."

22

In den letzten Stunden hatte das Wetter erneut drastisch umgeschlagen. Wie die Meteorologen es nannten, hatte uns ein Tiefausläufer erreicht, und die Temperatur war um nahezu zehn Grad gesunken. Der feine Sprühregen vom Vormittag hatte sich am Boden in eine gefährliche Eisschicht verwandelt. Die Streufahrzeuge kamen nicht hinterher und die Straßen waren spiegelglatt. Dank meines Toyotas, der sogar über ABS und Winterreifen mit Profil verfügte, schaffte ich es gerade noch rechtzeitig bis zu Herrn Kolbs Adresse. Insbesondere der letzte Streckenteil, der bergaufwärts führte, hatte sich bei dieser Witterung als regelrecht tückisch erwiesen.

Ein einfacher Bungalow in einem reinen Wohngebiet am Hang mit Blick über die Stadt. Verklinkerter Gartenzaun, die obligatorische Garage. Der Vorgarten zweckmäßig.

Frau Eisenburger stand bereits in der offenen Eingangstür. Besorgt blickte sie uns entgegen.

Ich stellte den Toyota in der Auffahrt ab. Paul und ich stiegen aus und gingen vorsichtig die wenigen Schritte zum Haus, ständig darauf bedacht, nicht auszurutschen.

„Ich hoffe, Sie haben nicht allzu lange warten müssen“, begann Paul. „Die Straßenverhältnisse…“

„Eis und Schnee gehören nun einmal zum Winter dazu. Da ist man nicht pünktlich auf die Minute“, winkte sie ab. „Kommen Sie doch bitte herein.“

Wir betraten eine Art Windfang, hängten unsere Jacken auf und ließen uns von der Pflegekraft ins Wohnzimmer führen.

Ein großes Panoramafenster mit kunstvoll geraffter Gardine sah offensichtlich in den Garten hinaus. Jetzt war es allerdings dunkel und man konnte die Umgebung nicht einmal mehr erahnen.

Das Wohnzimmer selbst war recht geräumig. Ein wohlgefüllter Bücherschrank, eine Sitzgruppe aus Leder. Was nicht hineinpasste, war ein Krankenbett - ähnlich, wie man es in jedem Hospital findet: verstellbarer Fuß- und Kopfteil, ein Gestänge für Infusionen und ein Galgen mit einem Kunststoffdreieck, um sich daran hochzuziehen. Damit das Monster etwas weniger bedrohlich erschien, hatte man es in einem warmen Holzton gestrichen.

Mein Blick ruhte wohl etwas zu lange darauf, denn Frau Eisenburger hüstelte verhalten, um meine Aufmerksamkeit zu erlangen: „Herr Kolb war krebskrank. Er hatte alle Behandlungen hinter sich gebracht. Die Ärzte nennen das austherapiert.“

„Und dann haben sie ihn einfach nach Hause geschickt?“, Paul wirkte entsetzt.

Frau Eisenburger lächelte traurig. „Herr Kolb wollte in seinen eigenen vier Wänden sterben. Er hatte genügend Geld und hat mich engagiert. Ich stand nahezu rund um die Uhr zu seiner Betreuung bereit.“

„Sie wohnen im Haus?“, fragte ich.

Frau Eisenburger nickte. „Im Gästezimmer. Ich habe dort ein eigenes Bad. Ich konnte gut hören, wenn Herr Kolb mich rief. Außerdem hatten wir uns noch ein Babyphon gekauft. Für alle Fälle.“

Ich trat hinter das Bett und verschaffte mir einen Eindruck von dem, was der Sterbende die letzten Wochen seines Lebens gesehen hatte. Links ein kleinerer Flachbildfernseher, dann das Panoramafenster, und rechts zwei große Gemälde. Sie waren indirekt beleuchtet und vermutlich echt.

Neugierig ging ich hinüber und betrachtete sie von nahem. Sie wirkten wie von Monet, allerdings mit einer etwas gröberen Struktur.

„Herr Kolb hat diese Bilder geliebt“, meldete sich Frau Eisenburger zu Wort. „Es handelt sich um Originale.“

Auf dem Couchtisch stand ein kunstvoll geschnitztes Schachspiel. Paul hatte sich darüber gebeugt und inspizierte die Position der einzelnen Figuren. „Wenn ich das richtig sehe“, sagte er, „ist Weiß in vier Zügen schachmatt.“

„Wirklich?“, fragte ich. „Das erkennst du?“

„Das ist doch eindeutig. Überzeuge dich selbst. Die Dame ist bedroht, und wenn sie fällt…“ Paul bemerkte meinen verständnislosen Gesichtsausdruck. „Natürlich. Schach interessiert dich nicht.“

„Warum auch sollte es mich interessieren? Da passiert ja nichts“, entgegnete ich.

„Herr Kolb war ein leidenschaftlicher Schachspieler. Die Partien mit Pfarrer Kupfer dauerten manchmal wochenlang“, erklärte die Pflegerin.

Ich horchte auf. „Mit Herrn Kupfer? Er war wohl sein Seelsorger?“

Frau Eisenburger schüttelte entschieden den Kopf. „Herr Kolb stand der Kirche sehr kritisch gegenüber. Aber er mochte Herrn Kupfer. Stundenlang haben sie zusammen diskutiert, Tee getrunken und Schach gespielt.“

Suchend sah ich mich im Raum um. „An dem Abend, an dem Herr Kolb verstarb…“

„Ich war im Theater“, beeilte sich Frau Eisenburger zu sagen. „Als ich zurück kam, habe ich ihn gefunden.“

Ich erwiderte nichts, sondern blickte sie lediglich an.

„Ich konnte das nicht wissen. Nichts deutete darauf hin.“

„Worauf?“, hakte ich nach.

Die Pflegekraft räusperte sich. „Nun. Herr Kolb ist keines natürlichen Todes gestorben.“

Ich sah schnell zu Paul, ob ihm dieser Umstand bekannt gewesen war, doch er schüttelte als Antwort nur knapp den Kopf. Er war genauso verblüfft, wie ich.

„Er hat beschlossen, sein Leben selbst zu beenden.“ Frau Eisenburger wandte sich von uns ab. „Anscheinend hat er zunächst versucht, sich die Pulsadern aufzuschneiden. Er hatte sogar zwei leichte Verletzungen am Hals. Stellen Sie sich vor, wie schrecklich! Und als das nicht funktioniert hat, hat er schließlich eine Spritze genommen und sich selbst Luft in eine Vene injiziert.“

„War denn sein medizinischer Zustand derartig hoffnungslos?“

„Ohne Zweifel. Er hatte Krebs im Endstadium", sagte Frau Eisenburger bestimmt. Und nach einer Pause fügte sie hinzu: „Da kann es schon einmal passieren, dass man die Nerven verliert und das Ganze hinter sich lassen will."

Paul hatte Frau Eisenburger eingehend betrachtet, während sie geredet hatte. „Seine Entscheidung hat Sie aber dennoch überrascht."

Diesmal antwortete sie nicht, sondern nickte nur verhalten.

„Sie haben ihn zurückgelassen, ohne jegliche Spur eines Verdachts, dass er sich etwas antun könnte", fuhr Paul fort.

„Er wusste, dass er sterben würde. Aber er genoss die Zeit, die ihm noch blieb. Er liebte seinen Garten, die Bilder, einen guten Film und er freute sich auf die Besuche von Herrn Kupfer." Tränen rannen ihr über die Wangen. „Er hat nicht einmal sein letztes Schachspiel beendet."

Die Idee kam mir ganz unvermittelt: „An dem Abend, an dem er starb, hatte er da Besuch von Herrn Kupfer?"

Frau Eisenburger wandte sich mir zu, versuchte zu lächeln, aber die Trauer versteinerte ihre Gesichtszüge. „Das kann ich Ihnen leider nicht beantworten. Herr Kupfer besaß einen Schlüssel. Er kam und ging, wie es seine Zeit erlaubte. Ganz unregelmäßig. Und wenn ich mal nicht da war, um ihm zu öffnen, sperrte er sich selbst auf."

23

Mein Atem erzeugte weiße Wolken, und natürlich waren die Scheiben des Toyotas vereist. Ich holte einen Kratzer aus dem Auto und machte mich ans Werk.

„Kann ich dir irgendwie helfen?“, wollte Paul wissen. Als ich verneinte, zündete er sich genüsslich einen Zigarillo an und beobachtete mich beim Arbeiten.

„Wird’s dir nicht zu kalt?“, äußerte ich schnippisch.

„Nein, nein“, erwiderte er. „Außerdem magst du es nicht, wenn ich in deinem Auto rauche.“

Weil ich gerade dabei war, säuberte ich auch noch die Rückspiegel und die Heckscheibe, bevor ich in den Wagen stieg.

Beinahe widerwillig löschte Paul seinen Glimmstängel und kletterte neben mich auf den Beifahrersitz.

„Gut ausgeruht?“, fragte ich.

Allem Anschein nach war Paul mein spitzer Unterton nicht entgangen. Das bewiesen mir seine nächsten Worte: „Ich habe dir angeboten, zu helfen. Aber du wolltest nicht."

Typisch Mann. Diese Spezies redete sich ständig alles schön.

Ich startete den Motor und kurvte vorsichtig durch die engen Nebenstraßen der Siedlung. Wir fuhren nahe an der Stelle vorbei, an der Herr Kupfer ermordet worden war.

„Tagsüber muss man von hier einen herrlichen Blick über die Stadt haben", bemerkte ich.

„Hm", gab Paul von sich. Er kämpfte schon wieder mit der Klimaanlage. Ich langte hinüber und half ihm.

Er lehnte sich zurück und begann, seinen Sitz zu verstellen.

„Du nervst", sagte ich.

„Das bin nicht ich. Das ist das Auto", entgegnete er. „Hier ist alles einfach…"

„…neu", ergänzte ich.

„So kann man das auch ausdrücken."

Wir hatten den Vorort hinter uns gelassen und schlichen den Berg hinunter. Trotzdem wollte ich das Tempo wegen der beträchtlichen Steigung weiter drosseln. Ich trat auf die Bremsen. Der Wagen reagierte nicht. Stattdessen nahm seine Geschwindigkeit zu. Ich versuchte nochmals zu bremsen. Ohne jeden Erfolg.

„Scheiße", sagte ich halblaut, während ich rasant um eine Kurve lenkte.

Paul wurde nach rechts gedrückt.

„Denkst du nicht, dass du etwas vorsichtiger fahren solltest? Du weißt, die Fahrbahn ist vereist."

„Wirklich?“, knurrte ich und trat nochmals kräftig auf die Bremse. Ich spürte keinen Gegendruck.

Wir schleuderten in die nächste Kurve. Ich tastete nach der Handbremse, fand sie und zog sie mit einem leichten Ruck an. Es quietschte, der Wagen schlingerte und drehte sich einmal um sich selbst.

„Halt dich fest!“, konnte ich gerade noch rufen, dann verriss ich das Steuer und lenkte auf den Seitenstreifen. Zwei, drei Begrenzungspfähle wurden vom Toyota umgemäht. Zuerst das rechte Hinterrad, dann die gesamte hintere Achse durchpflügte die Böschung. Der Wagen hob sich, und für einen Augenblick dachte ich, wir würden uns überschlagen. Dann fiel er dumpf zurück und wir krachten mit dem Heck tief in den Straßengraben. Der Motor heulte noch einmal auf und erstarb.

„Mit dem Golf wäre das nicht passiert“, bemerkte Paul in die darauffolgende Stille.

Ich hatte beide Hände um das Lenkrad gekrallt und musste mich dazu zwingen, loszulassen.

„Alles in Ordnung?“, fragte er.

„Alles o.k.“, antwortete ich. „Und bei dir?“

„Außer einem kleinen Schock… Nein, mir geht es gut.“ Er machte eine Pause und fügte an: „Dieses Eis ist wirklich mörderisch.“

„Vor allem, wenn die Bremsen streiken.“

„Was?“

„Die Bremsanlage hat versagt. Ist mir unbegreiflich, wie das geschehen konnte. Wenn ich nicht die Handbremse gezogen hätte…“

„Kommt das öfter vor?“ Paul löste seinen Sicherheitsgurt und sah sich um.

„Mein alter Golf hat mich nie im Stich gelassen. Und bei einem neuen Wagen ist das eigentlich undenkbar.“ Ich versuchte, die Fahrertür zu öffnen. Sie klemmte, deshalb warf ich mich mit meinem ganzen Gewicht dagegen, und sie gab widerstrebend nach. Vorsichtig schälte ich mich heraus. Paul kam zu mir herüber und wir betrachteten beide den Toyota, wie er zerbeult im Straßengraben lag.

„Ist vielleicht gar nicht so sehr kaputt“, sagte ich.

„Nein“, erwiderte Paul wenig überzeugend. „Vielleicht nur ein Blechschaden. …Was machen wir jetzt?“

„Wir müssen einen Abschleppwagen rufen.“

„Und was ist mit uns?“

„Entweder nimmt uns der ADAC mit, oder wir holen uns ein Taxi.“

Paul blickte nachdenklich auf den Wagen. „Anne. Wir haben großes Glück gehabt. Das hätte auch ganz anders ausgehen können.“

24

Ich kletterte umständlich aus dem Abschleppwagen und beobachtete Paul, wie er sich ebenfalls ins Freie zwängte. Er schlug die Beifahrertür zu und der Laster, auf dessen Transportfläche mein verbeulter Toyota stand, setzte sich langsam in Bewegung. Bald war er um die Kurve verschwunden.

Wir durchquerten den Vorgarten und gingen die paar Stufen bis zum Eingang hinauf. Ich kramte in der Tasche nach meinem Schlüssel, aber Paul war schneller und öffnete die Tür zum Haus von Satorius und Lorenzo.

Ich stutzte. An der Garderobe bemerkte ich einen fremden Mantel. Ich benutzte meinen üblichen Kleiderhaken für meine Jacke und Paul hängte seine Sachen daneben.

Wie gewöhnlich um diese vorgerückte Uhrzeit, begaben wir uns automatisch Richtung Wintergarten. Auf halbem Weg ertönte die Stimme von Lorenzo aus der Küche: „Kinder, da könnt ihr jetzt nicht rein.“

Wir blieben stehen und sahen zu Lorenzo hinüber. Er war gerade damit beschäftigt, die Spülmaschine zu füllen.

„Wenn ihr Hunger habt“, sagte er, „hätte ich noch eine Kleinigkeit für euch.“

Wir nahmen auf den Hockern vor dem Küchentresen Platz und Lorenzo holte einen kupferfarbenen Topf aus dem Kühlschrank, um ihn auf den Gasherd zu stellen.

„Habt ihr neuerdings spätabends Besuch?“, fragte ich.

Lorenzo drehte sich um und suchte in einem Hängeschrank nach zwei Suppentellern, die er vor uns platzierte. „Van Dyke ist da.“

„Ach“, sagte Paul. „Der Mann vom Friedhof.“

Lorenzos Kommentar bestand darin, dass er zunächst einmal seine Augenbrauen nach oben zog. „Ja genau. Der Mann. Und wenn er und Friedrich sich unterhalten, darf sie niemand stören. Das dauert erfahrungsgemäß mehrere Stunden.“

„Das ist ganz was Neues“, sagte Paul.

Lorenzo seufzte. „Nein, leider nicht. Das war schon immer so. Allerdings noch vor deiner Zeit.“

„Was gibt’s denn zu essen?“, fragte ich. Urplötzlich wurde mir bewusst, wie hungrig ich war.

„Eine deftige Gulaschsuppe und ich kann euch ein Kräuterbaguette dazu toasten.“

„Nichts Italienisches?“, Paul klang enttäuscht.

„Doch nicht bei diesem Wetter!“, konterte Lorenzo. Er vermochte seine schlechte Laune kaum verbergen. „Bei Minusgraden braucht man etwas zum Aufwärmen. Außerdem wird gegessen, was auf den Tisch kommt.“

Wir mussten beide verstohlen grinsen, und Lorenzo reichte uns Löffel und Servietten, bevor er noch drei Gläser holte. „Aber der Wein ist aus Italien."

Er goss uns ein und wir prosteten uns zu.

„Auf dass wir wieder so gesund zusammenkommen, wie heute", sagte Paul und wir tranken.

Der Wein tat gut.

Paul seufzte zufrieden und stellte sein Glas ab. „Du wirst nicht glauben, was uns heute passiert ist, Lorenzo."

Lorenzos Reaktion überraschte mich. „Na endlich", sagte er. „Endlich läuft etwas, wie es laufen soll. Ich hatte mich schon gewundert, ob ihr an Pepp verloren habt." Er stockte und musterte uns. „…Obwohl, wenn ich euch ansehe... Ihr beide seid so…" er suchte nach dem richtigen Begriff und meinte schließlich: „…unlädiert."

„Unlädiert?"

„Normalerweise kommt ihr hier mehr tot als lebendig an. Würgemale, blutende Wunden, die genäht werden müssen…" Lorenzo schüttelte den Kopf. „In letzter Zeit habt ihr mächtig nachgelassen, was das angeht."

„Wir hatten einen Unfall", erwiderte ich trotzig und ärgerte mich, dass ich überhaupt den Drang verspürte, mich zu rechtfertigen.

„Mia cara! Mit deinem neuen Wagen?"

„Nun, jetzt ist er nicht mehr neu. Die Bremsen haben versagt und wir hatten Glück, dass wir im Graben gelandet sind."

„Eigentlich wollten wir das dem Prof erzählen und euch beiden berichten, was wir heute herausgefunden haben", sagte Paul.

Lorenzo bückte sich, öffnete den Herd und

brachte ein duftendes Baguette zum Vorschein. Er teilte es vorsichtig und reichte uns die Hälften. Während er die Suppenteller füllte, sagte er, ohne seinen Blick vom Topf zu nehmen: „Ich habe es euch doch schon erklärt: Wenn Friedrich mit van Dyke zusammen ist, wollen sie ihre Ruhe haben. Heute wird das nichts mehr."

Er stellte die Suppe vor uns auf die Tresen, beobachtete eine Zeitlang wie wir aßen und meinte dann: „Also, seid mir nicht böse. Ich gehe ins Bett. Ich bin nicht mehr fünfzig und übrigens auch keine sechzig. Ich brauche meinen Schlaf… Ihr müsst nichts aufräumen, lasst alles stehen und liegen."

Ohne unsere Antwort abzuwarten, drehte er sich einfach um und ließ uns in der Küche zurück.

„Lorenzo kann diesen van Dyke nicht leiden", stellte ich fest.

„Nein, nicht wirklich", erwiderte Paul kauend.

„Ich frage mich nur, warum… Meinst du, Lorenzo ist eifersüchtig?"

Paul drehte sich in Richtung des Wintergartens um. „Das Treffen wirkt auf mich weniger amourös, sondern eher geschäftlich."

Ich nickte. „Vielleicht erfahren wir morgen, worum es ging."

Wir waren mit dem Essen fertig, stellten die Teller in die Spülmaschine und Paul schenkte uns nochmals die Gläser voll.

Wir tranken und hingen unseren Gedanken nach.

„Jetzt, im Nachhinein, rege ich mich richtig auf, wenn ich an unseren Unfall denke", sprach Paul in die Stille. „Vorhin, als es passiert ist, hatte ich keine Zeit dafür."

„Das ist seltsam, aber der Schreck kommt immer

erst, sobald die Anspannung etwas nachlässt“, erwiderte ich.

„Wenn ich es genau betrachte, hätten wir heute auch sterben können.“

Ich inspizierte den Inhalt meines Glases und meinte dann: „Und? Wenn du bei dem Unfall draufgegangen wärst, hättest du dann etwas bereut?“

„So einiges.“ Paul strich seine Serviette glatt.

„Gehören wir beide dazu? Zu dem, was du bereut hättest?“

Paul mied meinen Blick. „Das weißt du doch. Aber…“

„Aber was?“

Er sah auf und seine blaugrauen Augen schimmerten sanft. „Wenn wir gestorben wären, wären wir wenigstens zusammen gewesen.“

Ich stellte mein Glas hart auf den Tresen. „Blödsinn!“

Paul trank seinen Wein aus. „Ich bin todmüde, ich hoffe nur, dass ich heute schlafen kann.“

„Warum?

Ein verlegenes Lächeln huschte über sein Gesicht. „Mein Herz rast wie verrückt.“

Ohne zu überlegen was ich tat, langte ich hinüber und legte meine flache Hand auf seinen Brustkorb. Undeutlich spürte ich seinen Puls.

Paul betrachtete meinen Arm, als würde er ihn zum ersten Mal sehen und ergriff meine Finger. Mit lächelnden Augen beugte er sich herab und küsste die Innenfläche meiner Hand. Danach ließ er mich los, erhob sich abrupt.

Ich räusperte mich: „Na toll. Jetzt kann ich auch nicht schlafen.“

Paul drehte sich wortlos um und ließ mich alleine

in der Küche zurück.

In der Flasche befand sich noch ein kleiner Rest. Ich goss ihn mir ein.

Im Haus war es still. Aus dem Wintergarten drang nicht das leiseste Geräusch.

Lange blieb ich sitzen.

25

Ich hatte gejoggt, ausgiebig geduscht und ging hinunter zum Frühstück. Satorius und Paul saßen am Esstisch.

Lorenzo brachte eine Platte mit einem Berg kleiner Pfannkuchen herein. „Da bist du ja endlich“, sagte er. „Du kommst gerade rechtzeitig!“

Ich nahm Platz und bediente mich.

„Hat es gestern noch lange gedauert?“, fragte ich Satorius, nachdem ich das erste Mal von meinem Kaffee gekostet hatte.

Satorius war damit beschäftigt, Akazienhonig auf seinem Pfannkuchen zu verteilen und zögerte mit seiner Antwort. „Ja“, sagte er einsilbig.

„Wo ist Herr van Dyke jetzt?“, fragte ich weiter.

„Ich vermute, in seinem Hotel.“

Ich warf Paul einen Blick zu. Er verstand meinen stummen Impuls sofort. „Ich kannte Herrn van Dyke gar nicht. Soweit ich mich erinnern kann, habt ihr mir auch nie von ihm erzählt.“

Satorius führte seine Gabel zum Mund und kaute bedächtig. „Da hast du recht."

„Woher kennst du ihn eigentlich?", übernahm ich.

Satorius sah irritiert auf. „Nicolas van Dyke war Professor für Maschinenbau in Kiel. Aber mittlerweile ist er emeritiert. Genau wie ich."

„Aha", sagte ich und wartete darauf, dass er weitersprach. Das tat er aber nicht, sondern widmete sich seinem Essen.

Ich forderte Paul mit den Augen auf, nochmals nachzufassen, aber er zuckte nur ratlos mit den Schultern.

„Friedrich", sagte Lorenzo gespielt aufgeregt. „Weißt du eigentlich schon, dass Anne und Paul gestern einen Autounfall hatten?"

Diesmal schenkte Satorius Lorenzo ein kurzes Lächeln, bevor er seine Aufmerksamkeit uns zuwandte. „Ich fand es schon seltsam, dass ich euch längere Zeit nicht mehr behandeln musste. Ich begann, mir Gedanken zu machen, ihr könntet einen anderen Arzt konsultieren."

Lorenzo lachte übertrieben. „Nicht wahr, Friedrich? Ist doch Wochen her, dass wir sie wieder zusammengeflickt haben."

Insgeheim nahm ich es Lorenzo übel, weil er uns vom eigentlichen Thema abgebracht hatte, aber als ich sein verkrampft-fröhliches Gesicht sah, verrauchte mein Ärger.

„Das ist überhaupt nicht lustig!", spielte ich mit. „Die Bremsen haben versagt, und zwar auf einer spiegelglatten Straße. Wir sind mit Volldampf im Graben gelandet. Uns hätte sonst was passieren können!"

„Wieso wart ihr auch so spät noch unterwegs",

meinte Lorenzo mit vorwurfsvollem Unterton.

„Wir mussten unbedingt die Wohnung von eurem verstorbenen Freund, Herrn Kolb, untersuchen", antwortete ich.

Satorius ließ seine Gabel sinken und schien mit einem Mal hellwach. „Ihr wart bei Rüdiger? Warum denn das?"

„Das konnten wir dir gestern nicht mehr erzählen. Du hast dich ja lieber mit Herrn van Dyke unterhalten."

Satorius ging auf meine Stichelei nicht ein. „Wieso seid ihr zu Rüdiger?", wiederholte er stattdessen.

Paul beantwortete seine Frage. „Mir ist aufgefallen, dass es zu viele Gemeinsamkeiten gibt. Herr Kolb ist am selben Tag verstorben wie der Pfarrer. In der gleichen Gegend, ungefähr auch zur gleichen Zeit. Und Herr Kolb hat außerdem noch der Stiftung von Herrn Trümmberg ein beträchtliches Vermögen hinterlassen."

„Ihr meint allen Ernstes, dass die Ermordung des Pfarrers und Rüdigers Tod in irgendeinem Zusammenhang stehen?" Satorius' gesamte Haltung hatte sich verändert. Er erinnerte mich plötzlich an einen Staatsanwalt, der einen Zeugen in die Mangel nimmt.

„Das können wir zum gegenwärtigen Zeitpunkt nicht ausschließen", stellte ich ungerührt fest.

„Rüdiger Kolb hat doch Selbstmord begangen, um sein Leiden abzukürzen", warf Lorenzo verblüfft in die Runde.

„Sieht ganz danach aus", bestätigte ich. „Aber seine Pflegerin meinte, die Entscheidung, Schluss zu machen, habe er völlig unvermittelt getroffen. Ohne Vorzeichen. Er hätte trotz seiner Krankheit nicht lebensmüde gewirkt… Deswegen gehen wir nachher nochmals zu Ralf, um das zu überprüfen."

„Einen Suizid? Wie kann man den überprüfen?", fragte Lorenzo. Sein Gesicht kam mir im Küchenlicht bleich vor.

Ich zuckte mit den Schultern. „Meiner Erfahrung nach stellen Hausärzte sehr schnell einen Totenschein aus." Ich nahm einen Schluck von meinem Kaffee. „Aber jetzt hat sich der Sachverhalt geändert und da müssen wir einfach etwas genauer hinsehen."

Satorius nickte mehr zu sich selbst, benutzte ausgiebig seine Serviette und meinte: „Sobald ihr etwas herausgefunden habt, informiert ihr mich. Umgehend. Darauf kann ich mich doch verlassen?" Er wirkte distanziert und gleichzeitig zutiefst betroffen.

Lorenzo stützte seinen Kopf mit der Hand und rieb sich mit den Fingern über die Schläfen.

Ich verstand nicht, was auf einmal passiert war. Trotzdem sagte ich: „Selbstverständlich machen wir das."

26

„Anne! Schön, dass du mal wieder kommst!“, rief mir Selçuk Kablan schon von weitem zu. Er ließ sein Werkzeug fallen und eilte mir mit ausgebreiteten Armen entgegen. Kurz drückte er mich an sich, ohne seine Hände zu gebrauchen, verharrte und betrachtete Paul mit unverhohlener Neugierde.

„Das ist mein Kollege, Herr Wagner“, sagte ich. „Und Paul, das ist Herr Kablan. Er führt die einzige Werkstatt, der man vorbehaltlos vertrauen kann.“

„Du musst nicht gleich übertreiben, Anne, …obwohl es natürlich stimmt, was du sagst“, erwiderte Selçuk. Zu Paul gewandt meinte er: „Sehr erfreut!“

Selçuk streckte seine Hand aus. Als Paul sie ergreifen wollte, zog er sie jedoch schnell zurück und hob sie hoch. „Nein, nicht. Das habe ich ganz vergessen. Sie machen sich dreckig. Ich bin voller Öl.“

Paul nickte und Selçuk drehte sich um. Er sah zur Hebebühne, auf der mein Toyota stand. Im Tageslicht betrachtet wirkte der Wagen übel zugerichtet.

„Was ist mit dem Auto?“, fragte ich.

„Tja“, meinte Selçuk. „Was soll ich dir sagen: Der Rahmen ist verzogen, die Türen verbeult. Den linken Kotflügel kannst du vergessen und die Ölwanne ist hinüber.“

„Sonst nichts?“, sagte ich, aber Selçuk ging nicht auf meinen sarkastischen Unterton ein.

„Nun, du hast vielleicht gemerkt, dass deine Bremsen nicht funktionieren.“

„Ist mir aufgefallen. Sie haben überhaupt nicht reagiert.“

„Konnten sie auch nicht. Jemand hat die Schläuche durchgeschnitten. Eine saubere und ordentliche Arbeit.“

„Du meinst, jemand hat absichtlich den Wagen sabotiert?“

„Wie es scheint, hast du nicht nur Freunde, meine Liebe.“

„Und da besteht kein Zweifel?“, meldete sich Paul zu Wort. Sein Gesicht drückte Besorgnis und gleichzeitig eine Art unterdrückten Zorn aus.

Selçuk nahm ein altes Tuch von der Werkbank und begann, sich die Hände zu säubern. „Kein Zweifel. Das sind Schnitte. Eindeutig. Ich habe die kaputten Leitungen zwar schon rausgebaut, aber ich kann sie Ihnen zeigen, wenn Sie möchten.“

Paul schüttelte den Kopf. „Nein, da vertrauen wir ganz Ihrem Urteil.“

Selçuk betrachtete seine Hände und wischte sich nochmals an seinem Overall ab. „Also, Anne, falls du wissen willst, wie lange ich brauche, um dein Auto wieder herzurichten: Das dauert seine Zeit. Mindestens eine Woche.“

„Echt jetzt?“

„Das geht nicht schneller.“

„Na klasse. Und wo kriege ich für die Zwischenzeit ein Auto her?“

Selçuk grinste. Seine Augen leuchteten vor purer Geschäftsmäßigkeit auf. „Ich habe mir schon gedacht, dass du diese Frage stellst. Und wie es der Zufall so will, kann ich dir weiterhelfen.“ Er deutete quer durch seine unordentliche Werkstatt zu einigen Standplätzen, auf denen er gebrauchte Wagen zum Verkauf anbot. „Ich habe da ein kleines Juwel. Eigentlich habe ich es für meinen Sohn hergerichtet. Aber der kann warten. Willst du es dir vielleicht mal ansehen? …Ganz unverbindlich?“

Mit uns im Schlepptau ging er hinüber und blieb vor einem dunkelblauen Golf stehen. „Keine zehn Jahre, hundertfünfzig satte PS, neue Reifen und Felgen, und gerade mal zweihunderttausend Kilometer“, schwärmte er überschwänglich. „Quasi ungefahren.“

Ich bückte mich, um durch das Seitenfenster auf die vertrauten Armaturen zu blicken.

„Ich habe auch einen neuen Verbandskasten beschafft und extra für dich einen Duftbaum hineingehängt. *White Christmas* stand auf der Verpackung.“

Im Aufrichten begegnete ich dem mehr als zweifelnden Blick von Paul.

„Du musst ihn ja nicht kaufen“, meinte Selçuk, „obwohl ich dir einen guten Preis machen würde. Du fährst ihn einfach so lange, bis dein anderes Auto fertig ist, und dann reden wir.“

27

„Dieser Kupfer war überall beliebt. Jeder mochte ihn, er hatte keine Feinde. Und wenn ich den zahlreichen Aussagen Glauben schenken will - was ich letztendlich auch muss -, war er ein richtiger kleiner Bilderbuchheiliger." Ralf wurde bewusst, was er gerade gesagt hatte und blickte entschuldigend quer über seinen tadellos aufgeräumten Schreibtisch in Pauls Richtung.

Der tat so, als hätte er nichts gehört.

Ralf atmete ein und fuhr fort: „Wir haben am Tatort keine verwertbaren Spuren gefunden, keine DNS, nichts. Etwas weiter weg lag das Mobiltelefon vom Pfarrer. Darauf befinden sich aber auch nur seine eigenen Fingerabdrücke." Ralf breitete beide Hände flach auf der Tischplatte aus. „Es scheint fast so, als wäre der Mörder aus dem Nichts gekommen und hätte sich anschließend in Luft aufgelöst." Er machte eine Pause. „Ihr seid meine einzige Hoffnung."

„Was erwartest du von uns?", fragte ich. „Wir

können doch nichts aus dem Hut zaubern. Wir tappen noch vollkommen im Dunkeln."

Es klopfte. Die Tür öffnete sich und Ralfs Sekretärin erschien. Sie reichte ihm einen sandfarbenen Hängeordner. Ralf wartete, bis wir wieder alleine waren. Dann schlug er die Akte auf und begann, darin zu lesen: „Rüdiger Kolb, Krebs im Endstadium, hat zunächst vergeblich versucht, sich die Pulsadern zu öffnen und hat sich schließlich durch eine selbst zugefügte Luftembolie getötet." Er blätterte weiter. „Keine Hinweise auf Fremdeinwirkung. Reine Routine. Hat eine zuverlässige Kollegin bearbeitet." Er klappte die Akte zu, um sie fein säuberlich in der Mitte seines Tisches zu platzieren.

„Keine Unregelmäßigkeiten? Wirklich nichts?"

Ralf horchte auf. „Nein. Niente. Wieso interessiert ihr euch überhaupt dafür?"

Ich setzte mein unbedarftestes Lächeln auf. „Nun, die zeitliche und räumliche Nähe hat uns überrascht, und du weißt, ich arbeite gründlich."

Ralf deutete auf den Aktendeckel. „Da ist nichts. Das mit Herrn Kolb ist eine Sackgasse, keine Spur."

Ralfs Telefon schrillte. Er hob ab, hörte kurz zu und meinte: „Ich kümmere mich gleich darum. Danke." Er legte auf. „Die Journalistentussi ist wieder da", sagte er zu mir.

„Ja und?", erwiderte ich.

„Nichts *und*. Ich habe dich doch gebeten, du sollst sie mir vom Hals halten. Ich komme in dem Fall nicht weiter. Und ständig nervt sie hier herum."

Ich zuckte mit den Schultern und unterdrückte ein Grinsen. „Ich kann sie schlecht festbinden. Aber wir nehmen sie gleich mit."

Paul erhob sich auf mein Stichwort und wir

wandten uns zum Gehen.

Ralf klopfte mit dem Zeigefinger ein paarmal auf seinen Tisch. Wir blieben stehen.

„Schaut zu, dass ihr etwas Verwertbares findet. Ich will nicht ewig in diesem Büro festsitzen.“

Ich sah mich um. „Ist doch ganz nett hier.“

Ralf grinste gequält. „Ich will einen Stock höher, mit Blick auf den Park. Nicht Parkdeck, wie jetzt, sondern Park.“

„Wir werden tun, was wir können“, sagte ich zum Abschied.

28

Frau Agulescu wartete im Flur. Sobald sie uns sah, winkte sie, verschränkte dann die Arme vor der Brust und lächelte.

Paul erreichte sie als Erster. „Schön, dass Sie da sind“, sagte er. „Wir haben Sie regelrecht vermisst.“

Ich fand schon, dass er ein bisschen zu dick auftrug, aber der Effekt heiligt die Mittel.

Das Lächeln in Frau Agulescus Gesicht wurde tiefer. „Ach, das ist aber nett von Ihnen, das zu sagen. Wenn ich ehrlich bin, geht es mir mit Ihnen beiden genauso.“

Erneut wunderte ich mich über Frau Agulescus Stimmungsschwankungen, aber andererseits dachte ich, dass mir das vollkommen gleichgültig sein konnte. Eigentlich musste ich Frau Agulescus gute Laune, die sie heute an den Tag legte, sogar begrüßen. Das machte es uns wesentlich leichter, sie zu *betreuen*.

Auch wir schüttelten uns die Hände und ich meinte: „Wenn Sie möchten, gehen wir in die Kantine, und wir informieren Sie über die Fortschritte unserer Arbeit."

Ich überwand mich, den Aufzug zu nehmen. Wir fuhren zwei Stockwerke hinauf. Paul und Frau Agulescu wählten einen Tisch am Fenster. Ich holte den Kaffee für uns alle, weil ich mich hier noch von früher auskannte.

Als ich zurückkam, waren die Journalistin und Paul in ein angeregtes Gespräch vertieft. Sie unterbrachen, während ich das Tablett mit den drei Tassen abstellte und mich setzte.

„Was hat Ihnen mein Partner schon erzählt?", fragte ich.

Frau Agulescus Gesicht nahm einen schuldbewussten Ausdruck an. „Noch nichts. Wir haben nur über das zauberhafte Wetter und den Ausblick gesprochen." Sie wies aus dem Fenster.

Wir befanden uns im sechsten Stock und die Aussicht über die verschneiten Dächer der Stadt hatte wirklich ihren Charme, vor allem, wenn man das hässliche Parkdeck auf der linken Seite ignorierte.

Ich probierte von meinem Getränk. „Zeitungskaffee, aber wenigstens heiß."

„Zeitungskaffee?", fragte Frau Agulescu.

„So dünn, dass man die Zeitung hindurch lesen kann." Ich grinste.

„Wir haben inzwischen das gesamte Umfeld des Pfarrers überprüft", begann Paul. „Nirgends haben wir ein stichhaltiges Motiv gefunden. Niemand konnte uns sagen, warum Herr Kupfer ermordet wurde."

Frau Agulescu hatte sich zwei Stück Zucker in den Kaffee getan und rührte ihn gedankenverloren um. Sie hing förmlich an Pauls Lippen.

„...Dennoch müssen wir uns nochmals herzlich für Ihren Hinweis auf die Villa bedanken“, endete Paul.

Die Journalistin nahm sich ein drittes Stück Zucker. Offensichtlich mochte sie es süß. „Ach, das habe ich gerne gemacht. Ich habe Herrn Kupfer geschätzt. Er war ein überaus netter Mann.“

„Wie Sie wissen, haben wir mit mehreren Bewohnern sprechen können“, übernahm ich.

„Und? Haben sich im Nachhinein doch noch Hinweise ergeben?“, fragte Frau Agulescu. Ihre gesamte Haltung drückte großes Interesse aus.

Ich seufzte innerlich, zwang mich aber dazu, Zuversicht auszustrahlen. „Wir haben zwar nichts Konkretes erfahren, aber wir vermuten stark, dass das Motiv für Herrn Kupfers Ermordung mit der Sektenszene zusammenhängt.“

Frau Agulescu schien sich über unsere Aussagen regelrecht zu freuen. Kein Wunder, es passte sicherlich hervorragend zu ihrer Reportage, an der sie arbeitete.

„Wie gesagt, haben wir mehrere Personen befragt. Eine ist uns besonders aufgefallen – wobei wir uns eigentlich sicher sind, dass sie nichts mit Pfarrer Kupfers Tod zu tun hat“, ergänzte ich.

Die Journalistin hob ruckartig den Kopf. „Sprechen Sie jetzt von einer Dame mit psychischen Störungen?“

„Kennen Sie die wohl?“, fragte ich überrascht.

Frau Agulescu zögerte unmerklich. „Nicht direkt.“

„Wie, nicht direkt?“, setzte ich nach. „Ich meine, wenn Sie wissen, dass sie krank ist?“

Frau Agulescu nahm sich ein weiteres Stück Zucker. Das war jetzt eindeutig zu viel. „Herr Kupfer hat mir von ihr erzählt."

„Und was hat er Ihnen berichtet, wenn ich fragen darf?", hakte Paul ein.

Die Journalistin bemühte sich, ihre bisherige Fröhlichkeit beizubehalten. „Er hat gesagt, dass er eine Frau betreut, die tiefgreifende psychische Probleme zu haben scheint und dass er sich Sorgen macht, ob die Villa die richtige Umgebung für sie darstellt, um ihr wirklich zu helfen."

„Es wäre interessant zu erfahren, wie sie überhaupt in diese Einrichtung gekommen ist", sinnierte ich und trank aus meinem Becher.

„Das war wirklich seltsam", meinte Frau Agulescu und hob ihrerseits die Tasse. Der Kaffee schien ihr zu schmecken. Ihr Lächeln wurde breiter. „Herr Kupfer hat mir berichtet, dass es hier in der Nähe eine Gruppe von Leuten gibt, schwarzgekleidete Personen – ich nenne sie jetzt der Einfachheit halber Satanisten –, und die haben ihm die Frau zugeführt."

„Ach?", ich spielte die Unbeteiligte. „Satanisten. Na sowas! Hat er Ihnen vielleicht noch mehr verraten?"

Frau Agulescu schien die Ratlosigkeit in Person. „Sehr viel mehr weiß ich nicht. Außer, dass Herr Kupfer monatelang versucht hat, die Identitäten dieser Satanisten zu bestimmen, oder zumindest zu erfahren, wo sie sich treffen. Anfänglich tappte er vollkommen im Dunkeln." Frau Agulescu brach ab.

„Und dann…?", warf ich ein.

Frau Agulescu fuhr sich nervös durchs Haar. „Schließlich hat er doch herausgefunden, wo sie ihre regelmäßigen Treffen abhalten – oder wie immer man das nennt. Er ist sogar einmal hingefahren, um mit ihnen über die arme Frau in der Villa zu reden."

„Wie ist das Gespräch ausgegangen?“, erkundigte sich Paul.

Frau Agulescu sah ihn an und zuckte mit den Schultern. Ich erkannte Tränen in ihren Augen. „Das konnte er mir nicht mehr mitteilen, weil er kurz danach ermordet wurde.“

Ich blickte nach draußen. Leichter Schneefall hatte eingesetzt. Die grauen Konturen der Gebäude erschienen weich und beinahe unwirklich.

„Eine Frage hätte ich noch.“ Pauls Stimme klang betont sanft. „Hat er Ihnen die Adresse des Treffs genannt?“

Zu meinem allergrößten Erstaunen nickte die Journalistin. „Ich bin sogar einmal mit ihm daran vorbeigefahren.“

29

Der Dieselmotor brummte laut klopfend. Die Armaturen vibrierten. Ich schaltete hoch und blickte hinüber zu Paul. Er saß neben mir und sah gedankenverloren durch das Seitenfenster hinaus, mit diesem absolut ruhigen und doch präsenten Ausdruck auf seinem Gesicht.

Ich seufzte zufrieden und musste ein wenig lächeln. Selçuk kannte mich genau. Er wusste, was mir gefiel. Die Kupplung hakte zwar, aber das würde sich mit der Zeit geben. Bei dem Navi, den ich an der Windschutzscheibe befestigt hatte, handelte es sich um ein Nachfolgemodell meines alten. Marke Aldi und unverwüstlich. So sollte es sein. Wer brauchte schon all diesen Schnickschnack mit tausend Knöpfen.

Auf der Suche nach einem Parkplatz bremste ich ab und bog schließlich in eine freie Bucht ein.

„Sind wir schon da?", fragte Paul.

Ich grinste. Alles wieder beim Alten. „Hausnummer vierzehn." Ich wies auf eine Reihenhauszeile. „Muss irgendwo da drüben sein."

Wir stiegen aus. Ich drückte die Zentralverriegelung meines Zündschlüssels, aber nichts geschah. Also sperrte ich kurzerhand unsere beiden Türen mit der Hand ab. Entweder fehlte die Batterie, oder aber die automatische Verriegelung war hinüber. Egal. Das nahm ich gerne in Kauf.

Möglichst unauffällig schlenderten wir die Straße entlang. Acht – zehn – zwölf – vierzehn. Ein Mittelhaus. Links und rechts war alles aufs Beste hergerichtet. Weihnachtsschmuck in den Fenstern und die obligatorischen kleinen Lichter. Die Nummer vierzehn stach heraus. Die Läden hingen herab, der Lack blätterte, teilweise bröckelte Putz. Seit Jahren hatte sich niemand mehr um den Vorgarten gekümmert. Das war selbst im verschneiten Zustand deutlich zu sehen. Der Briefkasten quoll über von durchnässten Wurfsendungen.

„Richtig idyllisch", meinte Paul, während wir Arm in Arm weitergingen.

„Scheint niemand zuhause zu sein", sagte ich. „Aber wenn wir Glück haben, können wir vielleicht etwas von der Rückseite her erkennen."

Wir bogen um eine Ecke. Die Gärten der Reihenhauszeile schlossen an die Grünstreifen des nächsten Häuserblocks an. Dazwischen befand sich ein Weg, der wohl hauptsächlich dazu genutzt wurde, Gartenabfälle zu entsorgen.

Nach wenigen Metern waren wir an der Rückseite von Nummer vierzehn angelangt. Auch hier ein trostloses Bild: Eine sprichwörtlich vermüllte, handtuchgroße Grünfläche, über dem Panoramafenster im Erdgeschoss des Gebäudes hing eine halb heruntergerissene Markise. Kein Licht, keine Spur von Leben.

Ich probierte das morsche Gartentürchen. Es klemmte zuerst, dann gab es nach. Wir gingen hinein, sorgsam bemüht, nicht über die halb zugeschneiten Flaschen, Eimer und Metallteile zu stolpern.

Ich hob die Markise an, um ins Innere zu blicken. Gähnende Leere starrte mir entgegen. Bis auf zwei abgewetzte alte Sofas und mehrere umgedrehte Kartons… nichts.

„Das Haus ist verlassen“, sagte ich überflüssigerweise.

„Das passt“, meinte Paul. „Wenn es stimmt, was ich über solche Gruppen weiß, treffen sich deren Mitglieder erst abends… Oder nachts. Ich denke, wir sind einfach zu früh dran.“

„Kein Problem“, sagte ich. „Dann kommen wir später wieder.“

30

Ich war überzeugt gewesen, die Straße aus dem Gedächtnis zu finden. Das stellte sich als Irrtum heraus. In der Dunkelheit konnte ich mich kaum orientieren, ein Häuserblock glich dem anderen. Genervt kurvte ich herum.

„Wir können immer noch deinen Navi einschalten“, schlug Paul vor.

„Danke, aber diesmal komme ich alleine zurecht.“

„War nur so eine Idee“, meinte er.

„Verdammt“, sagte ich, fuhr rechts ran und startete den Routenplaner.

Ich setzte den Golf wieder in Bewegung. „Ich hatte recht. Wir sind ganz in der Nähe.“

„Glaube ich dir aufs Wort“, kam Pauls Antwort. „Übrigens“, setzte er nach, „das Essen war gar nicht mal übel.“

„Hattest du wirklich noch nie zuvor griechisch gegessen?“, erkundigte ich mich.

„Nein. Stell dir vor. Lorenzo hätte das nie zugelassen."

Wir lachten.

„Ich fand es schön, zur Abwechslung mal mit dir allein zu sein. Nicht, dass ich die Gesellschaft vom Prof oder Lorenzo nicht schätze", sagte ich.

„Nein, nein", wehrte Paul ab. „Ich weiß schon, was du meinst. Mir geht es nicht anders."

„Wirklich?"

Bevor Paul antworten konnte, verkündete der Navi mit autoritärer Stimme „Sie haben Ihr Ziel erreicht", und ich parkte den Golf an der gleichen Stelle, wie vor drei Stunden.

Angestrengt blickte ich durchs Seitenfenster, und tatsächlich: Aus dem Haus Nummer vierzehn schimmerte Licht.

„Volltreffer", sagte ich.

Paul beugte sich vor und spähte dicht neben mir in die gleiche Richtung. Ich konnte seinen Atem auf der Wange spüren.

„Was machen wir jetzt?", fragte er.

Ich brauchte eine Weile, bevor ich antwortete. „Ich habe mir das so gedacht: Du klingelst an der Vordertür und ich komme durch den Garten."

„Ist das nicht Hausfriedensbruch, was du da vorhast?"

„Hausfriedensbruch", äffte ich ihn nach. „Klar doch. Gleich morgen früh werden die Satanisten in ihren schwarzen Umhängen auf der Polizeidienststelle aufschlagen, um mich anzuzeigen, weil ich sie bei ihrem lustigen Treiben gestört habe."

Pauls Grinsen fiel schief aus. „So gesehen ist das doch eher unwahrscheinlich."

Wir stiegen aus. Ich knöpfte meine Jacke zu, langte nach hinten an meinen Rücken, um sicherzugehen, dass sich meine Pistole an ihrem Platz befand. „Du gibst mir zwei Minuten, besser drei. Dann gehst du hinüber und klingelst. Quatsch sie ein bisschen voll. In der Zwischenzeit verschaffe ich mir Zugang über die Terrasse."

„Was soll ich mit denen reden?"

„Wer ist denn der Prediger von uns beiden, du oder ich? Bitte sie um eine Spende, erzähle ihnen etwas von den lieben Engelchen, …was weiß ich."

Paul musterte mich mit einem Glitzern in den Augen. „Dich bekehre ich schon auch noch."

„Träum ruhig weiter", flüsterte ich ihm über meine Schulter zu und machte mich auf den Weg.

Solange ich auf dem Gehsteig lief, konnte ich meine Umgebung im Schein der Straßenlaternen ganz gut erkennen. Als ich jedoch in den Gartenweg einbog, wurde es wesentlich dunkler. Das Licht aus den umliegenden Reihenhäusern allein erwies sich als zu schwach. Ich fluchte über mich selbst, weil ich mir keine Taschenlampe mitgenommen hatte.

Trotz allem gelangte ich relativ schnell zu dem kleinen Gartentor und drückte es auf. Durch die herabgelassene Markise des Wohnzimmers drang jetzt ein matter gelber Schein. Vorsichtig bewegte ich mich vorwärts und konnte es doch nicht verhindern, mit dem Schienbein gegen eine harte Kante zu stoßen. Beinahe hätte ich unwillkürlich einen Laut von mir gegeben. Gerade noch rechtzeitig biss ich meine Zähne zusammen, stolperte weiter und wäre fast auf einer schneebedeckten Flasche ausgerutscht.

Schließlich kam ich zur Terrasse, stieg vorsichtig die paar Stufen empor und blickte wie vor wenigen Stunden durch den Spalt in der Markise. Erneut die zwei verlassenen Sofas und die Kartons. Mehrere

Kerzen und eine einzelne Glühbirne in einer schmucklosen Fassung verbreiteten eine Art Helligkeit.

Ich tastete mich hinüber zur Balkontür, als ich Stimmen hörte. Ein undeutliches, aber relativ ruhiges Gemurmel. Paul in Aktion.

Die Stimmen rissen so abrupt ab, wie sie begonnen hatten. Das elektrische Licht erlosch. Der Schein der Kerzen fraß drei, vier unruhige Löcher in die Dunkelheit vor mir.

Ich lehnte mich an die Balkontür, um besser sehen zu können. Zu meinem großen Erstaunen öffnete sie sich geräuschlos. Automatisch griff ich nach meiner Pistole, löste die Sicherung und brachte sie vor mir in Anschlag. Ich fasste die Waffe mit beiden Händen, um über ihre schwach phosphoreszierende Visierung in den Raum zu spähen.

Der Windstoß der durch die offene Tür fegte, löschte alle Kerzen bis auf eine. Sie flackerte heftig, und in ihrem tanzenden Schein konnte ich einen schwarzgekleideten Körper ausmachen, der auf dem Boden lag. Ich richtete die Mündung meiner Waffe auf seinen Oberkörper und schlich näher. Die Figur blieb bewegungslos. Ich ließ mich auf ein Knie nieder, nahm die Linke von meiner Waffe und fasste die Person an der Schulter. Mit einem leichten Ruck zog ich sie zu mir her. Ich erkannte das Gesicht. Paul.

Das Parkett knarzte in meinem Rücken. Ich hörte ein Sausen und der Schlag traf mich im Genick. Ich fiel auf Paul.

Dunkelheit.

31

Wasser klatschte mir ins Gesicht. Ich schreckte auf, wollte hochfahren, mich mit den Armen schützen. Meine Hände wurden festgehalten. Keinen Millimeter konnte ich sie bewegen. Ich saß auf einem Stuhl. Jemand hatte meine Handgelenke mit silbernem Klebeband an den seitlichen Lehnen fixiert. Auch mein Oberkörper war umwickelt, ebenso die Beine. Die Bänder schnürten tief in mein Fleisch, ich konnte kaum atmen.

Ich blinzelte in dem Versuch, die Umgebung zu erkennen. Ein Kellerraum. Alles schwarz gestrichen. Seltsame phosphoreszierende Symbole an den Wänden. Styroporplatten, grob mit Nägeln befestigt - dort, wo ich die Fenster vermutete. Schalldicht.

Zwei Schritte von mir entfernt Paul, ebenfalls an einen Stuhl gefesselt und zusätzlich auch noch geknebelt. Der Ausdruck seiner Augen war stumpf, auch er kam gerade erst wieder zu sich.

Vor mir drei Kerle in bodenlangen schwarzen

Mänteln. Ich konnte nicht ausschließen, dass sich außerhalb meines Sichtfelds weitere Männer befanden.

„Die Alte ist wach!“, rief eine Stimme. Das Geräusch stach wie Feuer durch meinen Kopf.

Einer der Männer trat vor, beugte sich zu mir herab, hielt sein Gesicht nur wenige Zentimeter von meinem entfernt. Helle Augen, die Pupillen geweitet, Schweißtropfen auf der Stirn. Vollgedröhnt bis unter die Hutkrempe.

„Na, du blöde Sau!“, zischte er. „Gefällt es dir in unserem Tempel?“

Wasser tropfte mir aus den Haaren und meine Sicht verschwamm. Ich konnte die Nässe nicht wegwischen und sie brannte in meinen Augen.

„Jetzt wird dir langsam bewusst, was du getan hast! Sag mir, was ihr bei uns sucht!“

Ich mied seinen Blick.

Er griff nach hinten in meine Haare und riss meinen Kopf hoch. „Schau mich an, wenn ich mit dir rede! Warum seid ihr hier?“

„Die wird dir nicht antworten! Die ist doch eindeutig ein Bulle!“, meldete sich eine andere Stimme.

Der Typ vor mir erhob sich halb und drehte sich um. „Sie ist kein Bulle! Bullen haben Marken. Wir haben nichts bei ihr gefunden.“

„Aber sie hatte eine Kanone. Eine richtige!“

Der Typ schnaubte. „Das beweist überhaupt nichts! Fahr mal nach Tschechien. Hinter der Grenze schmeißen sie dir die Dinger nach! Und dieses blöde Dreckstück wird uns gleich erzählen, was sie weiß.“

Er ging hinüber zur Wand. Dort brannten zwei Kerzen in über und über mit Wachs bedeckten Haltern. Daneben hing eine Art Dolch: Eine spitze, bizarr geschliffene Klinge und ein silberner Griff mit einem Totenkopf.

Der Kerl packte die Waffe, wog sie prüfend in der Hand. Dann hob er sie hoch, bis an seinen Mund, ohne mich aus den Augen zu lassen. Bedächtig streckte er die Zunge heraus und leckte mit ihr genussvoll über die Schneide, bevor er sich in Bewegung setzte, um vor mir stehenzubleiben. Das Licht der Kerzen brach sich funkelnd in dem glänzenden Metall der Waffe.

„So", sagte er. „Jetzt wirst du reden. Und wenn ich mit dir fertig bin, wird dich dein Freund da drüben gar nicht mehr so hübsch finden."

Er legte den Dolch auf meinen Arm, lächelte mich nahezu liebevoll an, und mit einem schnellen Ruck drückte er das Messer nach unten und zog es gleichzeitig zur Seite weg. Der Schmerz kam so unvermittelt und heftig, dass er mir die Luft raubte. Blut sickerte aus dem klaffenden Riss in meiner Winterjacke.

Paul kämpfte vergeblich mit seinen Fesseln, in dem Versuch, sich loszureißen. Dabei stieß er keuchende Geräusche aus. Seine Augen brannten panisch.

Der Typ betrachtete mich überrascht. „Keine Reaktion? Du hast gar keine Angst?"

Ich schaffte es, ein verächtliches Grinsen auf meinem Gesicht erscheinen zu lassen und spuckte aus.

„Seht ihr? Die Alte findet das lustig! Hoffentlich verliert sie nicht ihren Humor. Den wird sie nämlich jetzt gleich noch dringend brauchen, wenn ich mich ihren Augen widme. Was meint ihr? Soll ich zuerst das rechte oder das linke nehmen?"

„Ich werde dir sagen, was du wissen willst." Meine Stimme klang für mich fremd.

Der Typ lächelte triumphierend. „Na also!"

Ich lehnte mich auf meinem Stuhl zurück, soweit es meine Fesseln erlaubten, wobei ich mir den Anschein gab, als würde ich vor Angst zittern. Dann meinte ich leise. „Ich verrate es aber nur dir. Es soll sonst keiner hören."

Der Kerl beugte sich erneut zu mir herab, ich sah seine borstenartigen, farblosen Wimpern, roch seinen schalen Atem. Ich wartete bis er nahe genug war. Dann stieß ich mit aller Kraft mit der Stirn nach vorne und traf seine Nase. Es knackte morsch.

Der Typ jaulte auf wie ein Tier, ließ das Messer fallen und hielt sich mit beiden Händen das Gesicht. Dunkle Flüssigkeit rann zwischen seinen Fingern hervor.

Die Tür wurde aufgestoßen. Licht flutete in den Raum. „Was geht denn hier ab?"

Die Schreie des Verletzten veränderten sich in eine Art Schluchzen. Er sank auf die Knie.

Der Neuankömmling ging an ihm vorbei, bückte sich, hob den Dolch auf und trat zu mir. „Wir beenden das! Jetzt sofort!"

Er hob das Messer.

Die Klinge blitzte auf.

Mit schnellen Bewegungen schnitt er mir die Klebebänder durch, die meine Arme an die Lehnen fesselten.

„Ist Ihnen was passiert?", fragte er.

32

Ich saß auf einem der abgewrackten Sofas im Wohnzimmer des Reihenhauses. Die Wunde an meinem linken Unterarm schmerzte – dort, wo mich die Klinge des Dolchs verletzt hatte. Mir gegenüber, wenige Schritte entfernt, stand die zweite Couch. Darauf hatten sich drei schwarzgekleidete Jungs niedergelassen, allesamt mit längeren Haaren und Piercings. Sie vermieden es tunlichst, mich direkt anzusehen.

Die Situation behagte mir auch nicht sonderlich. Allerdings beruhigte mich das Gewicht meiner Pistole, die in meinem Schoß lag, doch ungemein.

Schritte wurden laut. Paul kam zurück. Hinter ihm lief ein großer, schlaksiger Mann. Nein, eigentlich war es kein Mann, sondern ebenfalls ein Junge, nicht mehr als zwanzig, vielleicht maximal zweiundzwanzig Jahre alt. Auch er trug den hier offensichtlich obligatorischen schwarzen Mantel. Seine Frisur sah aus, als würde er sie täglich mindestens eine Stunde lang stylen. Im fahlen Schein der nackten Glühbirne schimmerte sein blasses Gesicht, welches durch die nahezu karottenrote Farbe seiner Haare noch bleicher wirkte, als es ohnehin war.

„Wo habt ihr den Irren hingebracht?“, sagte ich schroff.

„Sie meinen Daniel?“, fragte der Rothaarige.

„Ich meine den voll Durchgeknallten, der mir mit einem Ritualdolch am Arm herumgeschnitzt hat.“

Der Rothaarige biss sich auf die Lippen und sah zu Boden. „Sascha fährt ihn gerade in die Klinik. Seine Nase hört nicht auf zu bluten.“

„Na hoffentlich! …Wie heißt du eigentlich?“

„Timo.“ Er streckte die Hand in meine Richtung aus.

„Du glaubst doch jetzt nicht allen Ernstes, dass ich die schüttele?“, herrschte ich ihn an. „So etwas absolut Dämliches wie euch habe ich in meinem ganzen Leben noch nicht getroffen.“

„Ich glaube, wir können ihm vertrauen“, meldete sich Paul zu Wort. „Schließlich hat er uns befreit und dir sogar deine Pistole zurückgegeben.“

„Und von der werde ich mich auch nicht mehr so schnell trennen“, konterte ich.

Paul kniete sich vor mich hin, um die Wunde an meinem Arm vorsichtig zu inspizieren.

„Ich habe den Verbandskasten aus dem Auto geholt“, sagte er. „Wenn du jetzt vielleicht deine Jacke ausziehen würdest… Ich kann dir dabei auch helfen.“

„Nein. Das schaffe ich schon alleine.“ Ich packte meine Pistole, stand auf und reichte sie Paul. „Da, halt mal.“

Paul nahm die Waffe und warf Timo ein aufmunterndes Lächeln zu.

Behutsam streifte ich meinen Anorak ab, wobei

ich die Zähne zusammenbiss, um den pochenden Schmerz zu ignorieren. Timo eilte in leicht geduckter Haltung herbei, in der Absicht, mir die Jacke abzunehmen.

Seufzend gab ich sie ihm, holte mir von Paul die Pistole zurück, betrachtete sie nachdenklich und verstaute sie in dem Holster an meinem Rücken.

Die drei Jungs auf dem Sofa atmeten erleichtert aus.

Ich setzte mich erneut. Paul nahm neben mir Platz, öffnete den Verbandskasten und begann, meine Wunde zu versorgen.

„Scheiße“, fluchte ich unterdrückt.

„Es tut uns ja fürchterlich leid“, setzte Timo an. „Ich weiß gar nicht, was in Daniel gefahren ist. Er ist sonst wirklich nicht so.“

„Ach was. Und das soll ich glauben?“

Timo schwieg und Paul fragte: „Was stellt ihr eigentlich dar? Seid ihr eine Art Sekte?“

Ich merkte deutlich, dass Paul das Wort Satanisten zu vermeiden suchte.

Die Jungs schüttelten nahezu gleichzeitig den Kopf.

„Nein. Woher denn? Wir sind Goths“, antwortete Timo regelrecht entrüstet.

„Goths“, wiederholte ich. „Ich dachte, die sind ausgestorben.“

„Wir nicht. Wir kommen hierher, hören Musik und hängen ab.“

„Und ihr dröhnt euch regelmäßig voll“, ergänzte ich.

Timo schwieg und einer der anderen Jungs vom Sofa gegenüber meinte: „Das ist nicht strafbar.“

Ich schnaubte verächtlich. „Wer hat euch das erzählt? Derselbe, der euch die schicken Klamotten verkauft hat?"

Paul war mit dem Verband inzwischen fertig. Ich streifte den zerschnittenen Ärmel meines Pullis über die Bandage.

„Wie kommt ihr zu diesem Haus?", fragte Paul. „Das ist doch eigentlich eine recht gute Wohngegend."

„Die Bude gehört Felix", meinte Timo und wies auf einen seiner Freunde.

„Nicht mir direkt", antwortete dieser. „Einer entfernten Tante von mir. Aber solange die Erbstreitigkeiten andauern, steht das Haus leer. Und niemand schert sich darum, wenn wir etwas Party machen."

„Party?", wiederholte ich zweifelnd. „Nur deshalb habt ihr den Keller schalldicht isoliert? Das soll ich glauben?"

Felix zuckte mit den Schultern. „Die spießigen Nachbarn haben sich über die laute Musik beschwert. Wurden richtig lästig. Da haben wir alles abgeklebt und seitdem haben wir unsere Ruhe."

„Und den Dolch?", fragte ich. „Den benutzt ihr zum Kartoffelschälen. Der hängt dort unten nur zufällig an der Wand." Ich wies in Richtung der Kellertür.

„Na, wir sind Goths", erwiderte Felix, als würde das alles erklären.

„Was ist mit Frauen?", fragte ich weiter.

„Frauen? Was soll mit denen sein?" Timo verstand nicht, worauf ich hinaus wollte. „Das geht Sie nichts an. Heute ist hier jedenfalls ein reiner Männerabend."

Ich wandte mich an Paul. „Die tun so harmlos. Dabei wissen wir beide, dass sie lügen."

„Lügen? Wieso?", stieß Timo hervor.

„Wir haben vor ein paar Tagen mit einer Frau gesprochen. Die erzählte uns ganz andere Dinge über euch. Sie sprach von grausamen Ritualen und…“, ich wartete eine Weile und dann fügte ich gedehnt hinzu: „…von Morden.“

Auf meine Worte folgte Stille und fast schon bereute ich, dass ich meine Pistole zurück in ihren Holster gesteckt hatte. Dann schüttelte Timo langsam den Kopf. „Ich weiß genau, mit wem sie geredet haben. Sie haben mit der verrückten Schwarzhaarigen gesprochen.“

„Habe ich?“, Meine Stimme war ruhig.

Timo sah mich direkt an. „Mit der haben wir nichts zu tun.“

„Ach wirklich!“, erwiderte ich.

„Überzeugt uns“, warf Paul lässig ein. Manchmal war er richtig gut.

Timo strich sich nervös durch seine aufgestylten Haare und warf einen hilfesuchenden Blick zu seinen Freunden. Als er merkte, dass er von ihnen keine Unterstützung erwarten konnte, seufzte er. „Im Sommer sind wir häufiger draußen. Im Wald.“ Er stockte.

Ich wartete, dass er fortfuhr.

„Wir haben gekifft, etwas eingeschmissen, ein paar Kästen Bier getrunken. Und vielleicht…“, er zögerte. „O.k. Da waren unsere Freundinnen dabei.“

Grinsend drehte ich mich zu Paul um. „Hörst du? Ein richtiges Sodom und Gomorra.“

Paul ging nicht auf meine Bemerkung ein. „Was ist dann passiert?“, fragte er stattdessen.

„Urplötzlich war diese Verrückte da. Sie war verdreckt, konnte kaum sprechen, halb verdurstet…“

„Wir haben uns natürlich sofort um sie gekümmert“, warf Felix ein.

„Ja. Genau“, bestätigte Timo. „Wir gaben ihr zu Trinken und zu Essen, haben versucht, sie zu beruhigen und mit ihr geredet. Aber es nützte nichts.“

„Und was habt ihr dann gemacht?“

„Na ja“, Timo machte eine hilflose Handbewegung. „Wir haben gedacht, sie ist auf irgendeinem schlechten Trip und haben sie erst mal hier im Haus untergebracht. Wir haben sie eingesperrt, damit ihr nichts passiert. Verstehen Sie? ...Aber am nächsten Tag hatte sich ihr Zustand überhaupt nicht gebessert.“

„Nein“, beteuerte Felix. „Sie hat die Terrassentür kaputt gemacht. Sie wollte ausrücken. Wir sind gerade noch rechtzeitig gekommen, um sie wieder einzufangen.“

„Und dann wussten wir uns nicht mehr anders zu helfen“, versicherte Timo treuherzig. „Wir haben bei Pfarrer Kupfer angerufen und ihn um Hilfe gebeten.“

„Woher kanntet ihr den Pfarrer? Ihr seht irgendwie nicht wie Ministranten aus“, sagte ich.

Diesmal grinste Timo. „In der Szene kennt ihn jeder. Überall ist bekannt, dass er ein Haus für Exjunkies und Sektenaussteiger betreibt. Und da haben wir gedacht, da passt die Verrückte doch gut rein.“

„Wie ist das dann abgelaufen mit Pfarrer Kupfer?“

„Wir haben uns vor seinem Pfarrhaus mit ihm getroffen, haben ihm die Irre übergeben und sind verduftet. Die Alte war ganz zahm, sobald sie ihn gesehen hat.“

„Das war das einzige Mal, dass ihr mit Herrn Kupfer zu tun hattet?“, erkundigte sich Paul.

Timo setzte zu einer Antwort an, unterbrach sich,

sah wieder zu seinen Freunden und meinte: „Wir haben uns Sorgen gemacht. Deshalb habe ich einfach bei ihm angerufen und mich erkundigt, wie es der Frau geht."

„Und er hat es euch erzählt?", fragte Paul.

„Ja. Schon." Timos Ausdruck wurde verlegen. „Er ist sogar einmal hierhergekommen und hat sich mit uns unterhalten."

„Das stimmt wirklich", bekräftigte Felix und die zwei Stummen, die neben ihm auf dem Sofa saßen, nickten heftig.

„Worüber will sich der Pfarrer mit euch unterhalten haben?"

„Nun, der war ganz nett. Hat mit uns Philosophie gequatscht und ein Bier getrunken."

Leicht fassungslos blickte ich zu Paul. „Sind denn all deine Kollegen derartig bescheuert?"

Pauls Ausdruck wurde um Nuancen sanfter. „Seelsorgerische Tätigkeit", sagte er.

Ich musterte Timo und seine Freunde, die mir immer mehr wie kleine Jungs vorkamen. Entschieden erhob ich mich, um nach meinem Anorak zu greifen. „Paul, ich denke, wir sind hier fertig."

„Wir haben Ihnen wirklich die Wahrheit gesagt", versicherte Timo.

Ich musterte ihn prüfend. „Ja, das habt ihr."

„Melden Sie uns jetzt der Polizei?", sagte einer der beiden Stummen. Seine Stimme zitterte.

Ich erwiderte nichts.

„Sagen Sie den Bullen, dass wir hier kiffen und zeigen Sie uns an, weil Daniel Sie…", der Junge schaffte es nicht, seinen Satz zu beenden.

„Paul?", fragte ich. „Ist hier etwas passiert?"

Paul packte den Verbandskasten und hüstelte.

„Nicht, dass ich wüsste."

„Aber den Dolch nehme ich mit", sagte ich.

33

Das Feuer fraß sich knisternd durch das Holz. Die Hitze der Flammen brannte auf meinen Wangen. Ich hob das Kristallglas mit dem Whisky und nippte daran - um ehrlich zu sein, nahm ich einen ordentlichen Schluck.

Lorenzo kam ins Zimmer, legte mir die Hand auf die Schulter: „Mia cara, hast du noch Schmerzen?“

Ich seufzte zufrieden. „Mein Schädel brummt, die Wunde zieht und pocht, aber es ist mir egal.“

„Ich sage nur eins“, erwiderte Lorenzo. „Vierundzwanzig Jahre.“

„Und keinen Tag weniger“, fügte Paul hinzu. „Scotch braucht - wie alle guten Dinge im Leben - Zeit.“

„Sind sie nicht tapfer, unsere beiden?“ Lorenzo richtete seine Worte an Satorius, der mir an diesem Abend geistesabwesend erschien. Seine Reaktion bestätigte meine Beobachtung, denn er schreckte förmlich aus seinen Gedanken auf, bemühte sich um ein

Lächeln und meinte: „Wir haben Anne und Paul recht gut versorgt. Und soweit ich das beurteilen kann, sind keine bleibenden Schäden zu befürchten."

„Was ich aber nicht verstehe", sagte Lorenzo, „...Warum habt ihr diese schrecklichen Kerle einfach laufen lassen?"

„Diese Goth-Jungs?", fragte ich.

„Das sind Satanisten", empörte sich Lorenzo. „Gegen die muss man etwas unternehmen!"

„Das sind bestimmt keine Satanisten", widersprach Satorius. „So, wie Anne und Paul die Gruppe beschrieben haben, handelt es sich eher um große Kinder, die böse und verrucht spielen."

„Das kommt bei ihren Freundinnen sicher gut an." Ich grinste vielsagend.

„Und wir haben von ihnen erfahren, was wir wollten. Die Jungs haben uns nicht angelogen", sagte Paul. „Sie haben eindeutig nichts mit dem Tod von Pfarrer Kupfer zu tun."

„Aber warum nur, wurde er dann ermordet?" Lorenzo nahm ebenfalls Platz, und griff sich sein Glas vom Beistelltisch.

„Inzwischen denke ich, es hat vielleicht doch irgendwie mit dieser Verrückten zu tun. Mit der Frau, die wir in der Aussteigervilla getroffen haben", sagte ich. „Wir müssen nochmals mit ihr sprechen, versuchen, ihre Fingerabdrücke zu nehmen, und Ralf kann dann möglicherweise ihre Identität überprüfen. Vielleicht führt das ja weiter."

„Hört sich plausibel an", meinte Lorenzo. „Was sagst du dazu, Friedrich?"

Es dauerte, bis Satorius antwortete. „Das könnte sich durchaus als sinnvoll erweisen."

Lorenzo musterte seinen Lebenspartner intensiv

und mit einer gewissen Empörung. „Hast du überhaupt gehört, was ich gesagt habe?"

Satorius atmete tief ein. "Es tut mir leid, ich bin heute nicht bei der Sache." Er wies in Richtung des Wintergartens. „Draußen wartet noch Arbeit auf mich. Es gelingt mir kaum, richtig abzuschalten." Mit einem entschuldigenden Lächeln fügte er hinzu. „Wenn ihr nichts dagegen habt, lasse ich euch jetzt alleine."

„Jetzt willst du noch arbeiten?", empörte sich Lorenzo. Er warf einen vielsagenden Blick auf die Standuhr. „Es ist halb eins in der Nacht. Anständige Leute gehen um diese Zeit schlafen."

„Seit wann sind wir denn anständig", murmelte Satorius, betätigte den Elektromotor seines Rollstuhls, wendete und fuhr ohne ein weiteres Wort zu verlieren aus dem Raum.

„Der ist heute aber mies drauf", stellte Paul unnötigerweise fest.

„Das ist ja auch kein Wunder", erwiderte Lorenzo. Er hatte Satorius lange nachgesehen und zwang sich jetzt gewaltsam dazu, sich wieder mit uns zu beschäftigen.

„Hat er sich vielleicht darüber aufgeregt, dass Paul und ich verletzt worden sind?", fragte ich.

Lorenzo wirkte um Jahre gealtert. „Nein, nein, mia cara. Das liegt nicht an euch. Immer, wenn er mit diesem van Dyke zusammen ist, verändert er sich. Das war früher schon so. Und ich hatte gehofft, wir hätten dieses Kapitel ein für allemal abgeschlossen."

Deutlich hörte ich Enttäuschung, Bitternis und eine Spur von Angst in Lorenzos Stimme.

„Es geht mich ja eigentlich nichts an. Aber van Dyke und der Prof… waren die einmal…" Ich wusste nicht, wie ich es ausdrücken sollte und schwieg.

Zu meiner großen Überraschung lächelte Lorenzo. „Du meinst, ob die zwei ein Verhältnis hatten?"

Ich nickte.

„Nein, mia cara, da liegst du definitiv falsch. Aber sie hatten beruflich miteinander zu tun und das über viele Jahre hinweg… Ich habe diese Zusammenarbeit wirklich gehasst und verabscheue sie immer noch aus tiefstem Herzen."

„Van Dyke wird bald wieder abreisen. Der bleibt nicht ewig hier", versuchte Paul, zu trösten.

Lorenzo trank von seinem Whisky. Seine Hand zitterte unmerklich. „Das ist auch meine Hoffnung. …Ich will nur, dass alles wieder so wird, wie bisher."

Ich verstand nicht genau, was er damit meinte, aber ich wollte auch nicht weiter in ihn dringen. Außerdem war ich todmüde. „Ich muss ins Bett. Ich will morgen fit sein", sagte ich.

„Hast du etwas Besonderes vor?", fragte Paul.

Ich lächelte. „Etwas richtig Schönes. Ich treffe mich wieder mit Julia."

Lorenzos Gesicht erhellte sich für einen Augenblick. „Im Kinderschutzbund?"

„Ja", erwiderte ich. „Und komischerweise ist das überhaupt nicht schlimm. Ich blende die Umgebung einfach aus und genieße jede Sekunde mit meiner Tochter."

„Das machst du richtig, mia cara. Jeder sollte aus dem, was er bekommt, immer das Beste herausholen."

Mit einem Ächzen kam ich auf die Beine, in der Absicht, mich von Paul und Lorenzo zu verabschieden. Mein Blick fiel auf ein goldgerahmtes Gemälde, das hinter dem Sofa vor einem der Bücherschränke stand.

„Das Bild kenne ich doch“, sagte ich. „Das habe ich in der Wohnung von Herrn Kolb gesehen.“

„Das stimmt“, bestätigte Lorenzo. „Rüdiger hat sein Vermögen zum größten Teil der Stiftung von Herrn Kupfer vermacht und den Rest für seine Pflegerin, Frau Eisenburger, vorgesehen. Aber dieses eine Bild sollte Friedrich bekommen, hat er der Pflegerin vor seinem Tod wiederholt aufgetragen. Deswegen brachte es Frau Eisenburger heute persönlich vorbei.“

„Das Gemälde sieht echt aus“, sagte ich. „Ist das ein Monet?“

Lorenzo schüttelte den Kopf. „Wenn das ein Monet wäre, wäre das Bild unbezahlbar. Es ist ein Original, auch durchaus wertvoll, aber von einem rumänischen Künstler.“

„Rumänisch?“, wiederholte ich. „Gab es da Impressionisten?“

„Das ist zweifelsohne ein Nicolae Grigorescu. Der konnte wirklich malen“, meldete sich Paul zu Wort.

„Siehst du Anne…“, stolz deutete Lorenzo mit seinem Glas in Pauls Richtung. „Wir haben ihn prima erzogen. Er sieht gut aus, hat Manieren und sogar Kenntnisse in Kunstgeschichte.“

Das stimmt – dachte ich - *aber leider nützt mir das alles nichts.*

Laut sagte ich: „Wir sehen uns morgen.“

34

Mein Handy schrillte. Dumpf drang der Ton von Ferne auf mich ein. Zuerst versuchte ich, das Geräusch zu ignorieren. Dann richtete ich mich auf und wandte meinen Blick auf den Wecker. Zwei Uhr früh. Ich hatte vielleicht gerade eine Stunde geschlafen.

Ich ergriff mein Telefon und blickte auf das Display: Ralf. Ich nahm den Anruf entgegen.

„Hallo“, begrüßte ich ihn. „Schon wieder Sehnsucht nach mir? Was sagt deine Frau dazu?“

„Sehr witzig“, erwiderte Ralf, und es ärgerte mich, weil er frisch und ausgeruht klang.

„Ich bin im Hotel Kaiserhof“, fuhr er fort. „Ich denke, es wäre gut, wenn du mit deinem Partner so schnell wie möglich hierherkommen würdest.“

„Kaiserhof“, wiederholte ich, während ich mir den Schlaf aus den Augen rieb.

„Exakt. Und beeilt euch.“ Ralf hatte aufgelegt, bevor ich ihm weitere Fragen stellen konnte.

Ich verharrte kurz in meiner sitzenden Position,

bekämpfte den starken Impuls, mich einfach wieder ins warme Bett zurückfallen zu lassen und erhob mich mit einem Ruck. Tapsig ging ich zu meinem Stuhl, auf dem ich meine Kleidung bereitgelegt hatte. In weniger als fünf Minuten hatte ich mich angezogen, meine Neun-Millimeter geprüft und mir die Zähne geputzt.

Pauls Zimmer befand sich im Erdgeschoss. Leise schlich ich die Treppe hinunter, bis ich vor seiner Tür stand. Ich zögerte, doch dann klopfte ich verhalten gegen das Holz. Es dauerte nicht lange und ich vernahm Schritte. Paul öffnete. Er trug lediglich eine Pyjamahose, das Licht der Nachttischlampe beleuchtete seinen wohldefinierten Oberkörper. Seine dunklen Haare waren zerzaust. Der Ausdruck in seinem Gesicht wirkte verschlafen und auf eine verletzliche Art zugleich attraktiv. Für einen Moment überfielen mich ganz andere Gedanken, und als ich Paul in die Augen sah, hatte ich den Eindruck, dass es ihm ähnlich ging.

„Also“, setzte ich stockend an.

„Ja?“, fragte er.

Ich musste mich zusammenzureißen, um nicht die Hand auszustrecken und ihn zu berühren. „Ralf hat angerufen“, sagte ich stattdessen. „Er will, dass wir sofort zu ihm kommen. Es scheint sehr wichtig zu sein.“

Paul gab sich den Anschein, als würde er verstehen, was ich ihm sagte: „In Ordnung. Warte in der Küche auf mich. Ich ziehe mich nur schnell an.“

35

Echt antike Möbel. Zwei indirekt beleuchtete Ölschinken, ein Kingsize-Bett, halb aufgeschlagen. Goldene Tapete an den Wänden mit seltsamen braunen Flecken. Auf dem hellen Perserteppich zu meinen Füßen ebenfalls rostrote Tupfer. Blutspritzer.

„Also, wie wir uns das zusammenreimen, hat der Angreifer vermutlich zuerst das Elektroschloss geknackt.“ Ralf deutete mit einer unangezündeten Zigarette auf die Eingangstür. „Dafür haben wir jedenfalls entsprechende Anzeichen gefunden.“

Ich folgte seiner Geste. Draußen im Gang konnte ich die Leute von der Spurensicherung sehen, die gerade im Begriff waren, weißes Pulver auf dem Türblatt zu verteilen.

„Daraufhin wollte er wohl das Zimmer durchsuchen, aber das Opfer kam gerade in diesem Moment aus dem Bad und es gab einen Kampf.“

„Aha“, sagte ich. „Klingt ziemlich logisch, obwohl in diesem Zimmer nichts darauf schließen lässt, dass etwas durchsucht worden wäre… Sieht alles recht ordentlich aus.“

„Wenn der Hoteldieb sofort beim Eintreten vom Gast überrascht wurde, hatte er keine Gelegenheit mehr dazu“, gab Paul zu bedenken. Er fingerte in seinem Mantel herum, holte einen Zigarillo heraus und klemmte ihn sich zwischen die Lippen.

Ralf räusperte sich, förderte ein Feuerzeug aus seiner Jacke zutage und zündete zuerst Pauls Glimmstängel an und dann seine Zigarette.

„Ihr werdet euch immer ähnlicher“, bemerkte ich, während ich meinen Wunsch gewaltsam unterdrückte, mir eine Marlboro von Ralf zu schnorren. „Ein Hoteldieb, den man auf frischer Tat ertappt. Darauf folgt eine gewaltsame Auseinandersetzung… Und morgen gehen wir in den Zoo… Wegen einer solchen Lappalie holst du uns mitten in der Nacht aus dem Bett?“

Ralf inhalierte genüsslich den Rauch und blies ihn mir absichtlich ins Gesicht. „Aber Anne, du weißt doch genau, dass ich nur bei Kapitalverbrechen eingeschaltet werde.“

Der Rauch roch würzig. Ich schluckte. „Dann mach es nicht so spannend. Wo ist die Leiche? Habt ihr sie schon weggebracht?“

Ralf verzog seine Mundwinkel im leichten Bedauern. „Da muss ich dich leider enttäuschen. Hier ist niemand zu Tode gekommen.“

„So?“

„Das Opfer hat sich gewehrt und den Angreifer in die Flucht geschlagen.“

„Ralf, mein Guter. Im Moment bist du nahe dran, unsere wunderbare Freundschaft zu ruinieren. Sag mir sofort, warum du uns hergeholt hast, sonst kehre ich auf der Stelle in mein Bett zurück.“

Ralf grinste. „Du solltest einmal einen Blick auf die Tatwaffe werfen.“ Er machte eine einladende Handbewegung in Richtung des Couchtisches.

Neugierig trat ich näher, reckte meinen Kopf vor und starrte auf eine durchsichtige Plastiktüte, die auf der geschliffenen Marmorplatte lag. Zuerst erkannte ich nicht, welches Beweismittel dort verpackt worden war. Dann wurde mir klar, dass es sich um ein Stück Draht handelte, dessen Enden an zwei kurze Holzstäbe gebunden waren - groß genug, um sie beim Erdrosseln festzuhalten.

„Eine Drahtschlinge“, entfuhr es mir unnötigerweise.

„Exakt“, bemerkte Ralf mit einem fast triumphierenden Tonfall. „Deshalb bin ich hier und aus diesem Grund habe ich euch sofort geholt.“

„Pfarrer Kupfer ist mit einer solchen Waffe getötet worden“, sagte Paul.

„Und derartige Mordinstrumente gibt es nicht wie Sand am Meer… Es ist jedenfalls das erste, das ich in meiner Karriere zu Gesicht bekomme“, stellte Ralf fest.

„Du hast recht“, sagte ich. „Höchstwahrscheinlich handelt es sich bei dem Mörder des Pfarrers und unserem verhinderten Hoteldieb um ein- und dieselbe Person.“

„Wenn es denn ein Hoteldieb war“, meinte Paul.

Ralf zog nachdenklich an seiner Zigarette und blieb stumm.

„Was ist mit dem Opfer? Konnte es den Täter beschreiben?“, fragte ich.

Ralf zuckte mit den Schultern. „Keine Ahnung. Wir konnten ihn noch nicht vernehmen. Er hatte üble Schnittwunden am Nacken und vor allem an seiner rechten Hand. Vermutlich hat er gerade noch rechtzeitig die Finger zwischen seine Kehle und den Draht bekommen."

„Das hat ihm das Leben gerettet", bemerkte Paul.

„Wie heißt das Opfer eigentlich?", fragte ich.

Ralf griff in die Innentasche seines Mantels und holte seinen unbenutzt wirkenden Notizblock hervor, um mit beiden Händen darin zu blättern. Der Stummel seiner Zigarette blieb zwischen seinen Lippen und qualmte vor sich hin.

„Wo habe ich es denn", nuschelte er mit zusammengezogenen Augen.

Er schlug eine weitere Seite um, nahm die abgebrannte Kippe aus dem Mund und las laut vor: „Ein Gast aus Bremen. Sein Name lautet van Dyke. Nicolas van Dyke."

36

Halb fünf Uhr früh. In den Gängen des Krankenhauses herrschte gähnende Leere. Der Geruch von Putzmitteln gemischt mit Antiseptika brachte Erinnerungen zurück. Bilder von einer alten, gebrechlichen Frau, die gerne Champagner aus meinem Flachmann getrunken hatte und sterben musste, weil sie zu viel wusste. Und ich hatte es nicht verhindern können.

Ich riss mich zusammen, hielt tapfer Schritt mit Paul und Ralf. Gemeinsam eilten wir durch den Flur. Unsere Absätze klapperten gespenstisch laut über das Linoleum.

Das Stationszimmer in der Abteilung B 2 war mit einer einzelnen Krankenschwester besetzt. Ralf klopfte vorsichtig an die Scheibe und als sie ihn nicht gleich hörte, wurde er energischer.

Die Frau sah auf, kam zur Glastür und öffnete sie. Bevor sie etwas sagen konnte, zeigte ihr Ralf seine Marke. „Wir möchten gerne zu Herrn van Dyke."

„Zimmer zweihundertsiebzehn. Das ist…"

„Finden wir", unterbrach sie Paul und zauberte ein sympathisches Lächeln auf sein Gesicht. „Ich meine, wenn wir ihn befragen dürfen. Er ist doch nicht zu schwer verletzt?" Sogar um diese Uhrzeit schaffte er es spielend, charmant zu wirken.

„Nein", die Krankenschwester lächelte ebenfalls. „Herr van Dyke hat Schnitte im Nackenbereich und an der Außenseite der rechten Hand. Das ist zwar sehr schmerzhaft, aber keinesfalls lebensbedrohlich. Er hat sogar Ibuprophen abgelehnt."

Wir gelangten zu dem Patientenzimmer und diesmal klopfte Paul. Ohne eine Antwort abzuwarten, traten wir ein.

Van Dyke saß in einem Krankenbett mit hochgestellter Rückenlehne und tippte gerade auf seinem Smartphone herum. Als er uns bemerkte, blickte er auf, aber keine Spur von Überraschung war auf seinem Gesicht zu lesen. Er war blass. Und er wirkte erschöpft.

Ich betrachtete ihn näher und merkte, dass ich mich irrte. Er war nur alt und das kalte Deckenlicht ließ ihn zerbrechlich erscheinen. Das entsprach aber ganz und gar nicht der Realität.

Sein Hals war bandagiert, ebenso wie die linke Hand. Er trug keinen Pyjama, sondern einen grünen Zweiteiler aus leichter Baumwolle, wie ihn auch das Pflegepersonal benutzt.

„Herr van Dyke?" begann Ralf, „Ich bin Oberkommissar Lamprecht. Und das sind…"

„…Frau Steinbach und Herr Wagner", unterbrach ihn der Kranke. Seine Stimme klang kratzig, wie die eines starken Rauchers. Er bemerkte den überraschten Ausdruck in Ralfs Gesicht und fügte hinzu: „Wir haben uns bei einer Beerdigung getroffen... Rein zufällig."

„Aha", erwiderte Ralf, und ich wusste, dass er mir später diesbezüglich noch ein Loch in den Bauch fragen würde. Aber jetzt konzentrierte er sich auf den Verletzten, der vor ihm saß und seltsamerweise überhaupt nicht wie das Opfer einer Gewalttat wirkte.

„Wir haben Ihr Hotelzimmer untersucht, die Spurensicherung arbeitet im Moment noch dort, aber wir brauchen dringend Ihre Aussage zum Tathergang."

„Selbstverständlich." Van Dyke legte das Handy auf den Nachttisch und fuhr sich mit seiner unverletzten Hand durch die grauen Haare. Das erweckte einen natürlichen Eindruck, aber irgendetwas sagte mir, dass er nur Zeit gewinnen wollte – wahrscheinlich überdachte er gerade seine Aussage.

„Also", fing van Dyke an, „ich war in meinem Hotelzimmer, genauer gesagt, im Bad. Ich hörte ein Geräusch. Und als ich herauskam, um nachzusehen, erhielt ich einen Schlag auf den Hinterkopf." Er versuchte, seine verletzte Hand zu heben, verzerrte schmerzhaft sein Gesicht, und ließ sie wieder sinken.

Ralf hatte seinen Block herausgenommen und kritzelte mit einem nagelneuen Bleistift darin herum.

„Ich fiel auf die Knie", fuhr van Dyke fort, „und spürte, dass mir jemand eine Schnur um den Hals legte. Gerade schaffte ich es noch, meine Kehle mit der Hand zu schützen. Ich wollte schreien, aber das Drahtseil presste mir die Luftröhre zusammen."

„Wie konnten Sie sich befreien?", fragte Paul. Dafür warf ihm Ralf einen missbilligenden Blick zu.

Van Dyke zuckte mit den Schultern. „Keine Ahnung. Vielleicht habe ich instinktiv nach hinten getreten oder geschlagen, den Angreifer erwischt und ihn so dazu gebracht, von mir abzulassen."

„Instinktiv?", setzte ich nach.

Van Dyke musterte mich, und es kam mir vor, als würden sich kleine Lachfältchen um seine Augen bilden. „Unwillkürlich", korrigierte er. „Ich bin kein trainierter Kampfsportler."

Ich betrachtete seine hagere Gestalt näher und wieder hatte ich den Eindruck, dass er nicht die Wahrheit sagte.

„Als der Angreifer weg war, habe ich sofort in der Rezeption angerufen. Die müssen wohl die Polizei verständigt haben, aber das ist nur eine Vermutung von mir. Zu dem Zeitpunkt war ich dann anscheinend bewusstlos."

Ralf füllte fleißig seinen Block, schürzte die Lippen und blickte van Dyke prüfend an. „Können Sie den Angreifer beschreiben? Ist Ihnen etwas aufgefallen?"

Für den winzigen Bruchteil einer Sekunde zögerte van Dyke. Dann schüttelte er entschieden den Kopf. „Leider nein. Es ging alles viel zu schnell. Und außerdem stand der Mann die ganze Zeit hinter mir."

37

Ich war hundemüde und aufgrund des Schlafmangels war mir von innen heraus kalt. Die Heizung des Golfs hatte es nicht geschafft, mich auf der relativ kurzen Fahrt vom Krankenhaus zu Satorius und Lorenzo aufzuwärmen. Ungeduldig wartete ich, bis Paul aufsperrte.

„Psst“, flüsterte er. „Wir wollen niemanden wecken.“

„Nein“, wisperte ich zurück. „das wollen wir wirklich nicht. Nachher ist noch genug Zeit, um dem Prof alles zu erzählen.“

Ich trat als Erste ein und sofort fiel mir das Licht auf, das aus einem der Räume in den Flur schien. Wir hängten unsere Jacken auf und begaben uns in die Küche. Zu unserer großen Überraschung trafen wir dort auf Satorius und Lorenzo. Beide waren angezogen, als hätten sie vor, außer Haus zu gehen.

Lorenzo trug eine Schürze über seinem Anzug und legte seinem Lebensgefährten gerade einen frischen

Pfannkuchen auf den Teller.

„Ihr seid schon wach?“, staunte Paul.

Lorenzo nickte nur und Satorius meinte: „Nicolas hat vorhin angerufen.“

Ich ging zum Küchentresen und setzte mich auf den Hocker dicht bei der Heizung. Paul nahm neben mir Platz.

„Ihr seht ja furchtbar aus“, stellte Lorenzo fest.

„Danke für das Kompliment“, konterte ich.

„So habe ich das nicht gemeint“, beeilte sich Lorenzo, richtigzustellen. „Du bist natürlich hinreißend wie immer. Aber…“

Ich unterbrach ihn mit einer Handbewegung. „Lass es gut sein, Lorenzo. Wenn ich nur halb so schlecht aussehe, wie ich mich fühle, kann ich ungeschminkt in einem Zombie-Film mitspielen.“

Paul lachte leise. Satorius und Lorenzo blieben jedoch ernst.

„Ihr bekommt jetzt von mir einen heißen Kakao. Und dann legt ihr euch sofort hin und ruht euch aus.“ Lorenzo begann, zwei Tassen vorzubereiten. Dabei lärmte er überaus geschäftig. Eine Spur zu laut.

„Wie geht es Nicolas“, fragte Satorius, während Lorenzo Paul und mich mit Crêpes versorgte. „Ihr habt doch mit ihm gesprochen.“

Mein Magen knurrte laut. Ich rollte den ersten Pfannkuchen kurzerhand mit den Fingern zusammen, tunkte ihn ungeniert in die Zuckerdose und biss hinein.

„Herrn van Dyke geht es gut“, sagte Paul undeutlich. Er kaute bereits. Wie immer war er etwas schneller gewesen, als ich.

„Aber er hat Verletzungen?“, wollte Satorius wissen.

Lorenzo stellte mit einem heftigen Klirren die Kakaotassen vor Paul und mich. Der Inhalt drohte hinauszuschwappen. „Jetzt lass die Kinder doch erst einmal etwas zur Ruhe kommen, Friedrich! Du machst uns mit deiner Fragerei richtiggehend verrückt!"

„Rede keinen Blödsinn und halte dich da raus!" Satorius klopfte mit seinem Messer auf die Holzplatte. „Das ist wichtig... Also, wie geht es Nicolas?"

Erstaunt blickte ich von Satorius zu Lorenzo. Ich hatte die zwei noch nie streiten sehen. Betont unbedarft zuckte ich mit den Schultern. „Er hat Verletzungen an der Hand und am Nacken. Nichts Lebensgefährliches. Er hat nicht einmal ein Schmerzmittel genommen."

„Selbstverständlich nicht", erwiderte Satorius. Bevor ich ihn fragen konnte, was er damit meinte, fuhr er fort: „Warum seid ihr eigentlich bei der Untersuchung dieses Überfalls dabei gewesen?"

Wieder betrachtete ich ihn nachdenklich. Satorius fing meinen forschenden Blick auf und räusperte sich. „Nicolas hat mir am Telefon erzählt, ihr hättet ihn zusammen mit einem Kommissar im Krankenhaus befragt. Daraus schließe ich, dass ihr vorher am Tatort gewesen seid."

„Das stimmt", bestätigte Paul. „Oberkommissar Lamprecht hat uns dorthin bestellt."

„Und warum?", erkundigte sich Satorius. „Ich dachte, der ist bei der Mordkommission und kümmert sich um Kapitalverbrechen."

„Das schon", sagte ich. „Aber die Tatwaffe…"

„Was ist mit ihr?" Satorius' blaue Augen schienen Funken zu sprühen.

„Herr van Dyke ist mit der gleichen Art von Waffe

angegriffen worden, die Pfarrer Kupfer getötet hat."

Satorius atmete hörbar aus und lehnte sich in seinem Rollstuhl zurück. „Mit einer Drahtschlinge."

Ich nickte bestätigend. „Deshalb wollte uns Ralf am Tatort dabei haben. Eine derartige Waffe ist ungewöhnlich."

Satorius starrte an die gegenüberliegende Wand und meinte mehr zu sich selbst: „Während des Kalten Kriegs war die Drahtschlinge im Ostblock sehr weit verbreitet. Sie ist nur ein wenig aus der Mode gekommen."

Lorenzo goss uns Kakao nach. Ich nahm noch einen Schluck und musste mich regelrecht dazu zwingen, die Augen offenzuhalten.

„Wir werden Nicolas aus der Klinik holen und hierher bringen", hörte ich Satorius wie von weitem sagen.

„Und ihr legt euch jetzt sofort hin", ergänzte Lorenzo mit einer Stimme, die keinen Widerspruch duldete.

Ich erhob mich, nickte in die Runde und schlich in mein Zimmer. Um zehn Uhr würde ich Julia treffen. Bis dahin konnte ich zumindest noch drei Stunden schlafen..

38

Das Klopfen an der Tür riss mich aus meinem Schlaf. Ich stemmte mich sofort hoch und hievte meine Beine aus dem Bett. Durch diese Aktion wurde es mir zwar etwas schwindelig, aber das nahm ich bewusst in Kauf. Ich wollte auf keinen Fall wieder einschlafen.

„Anne, bist du wach?" Pauls Stimme klang putzmunter. Wie schaffte er das nur?

„Ich komme gleich!", rief ich.

In Windeseile machte ich mich fertig und ging nach unten.

In der Küche empfing mich ein ungewohntes Bild: Lorenzo saß untätig auf einem der Hocker vor dem Tresen, während Paul am Herd hantierte.

„Da bist du ja endlich!", begrüßte er mich.

Ich nahm neben Lorenzo Platz und beobachtete ihn von der Seite. Er wirkte müde und antriebslos.

„Guten Morgen, mia cara", sagte er zu mir. Das Lächeln, das er mir zuwarf, konnte bestenfalls als melancholisch durchgehen.

Ich wies auf Paul. „Du lässt diesen Barbaren wirklich in deine Küche?“

Es gelang mir nicht, Lorenzo aufzuheitern. Er zuckte gleichgültig mit den Schultern. „Paul hat mich darum gebeten. Und wie kann ich ihm etwas abschlagen?“

„Ja“, erwiderte Paul. „Ständig umsorgst du uns. Jetzt bist du einmal an der Reihe, verwöhnt zu werden.“

„Super“, sagte ich, und bemühte mich, fröhlich zu klingen. „Was hat denn unser neuer Koch zubereitet?“

„Rühreier mit Schinken und Zwiebeln. Dazu frische Brötchen vom Bäcker um die Ecke und jede Menge Kaffee.“

Ich grinste. „Klingt richtig gourmethaft. Her mit dem Zeug.“

Paul füllte uns Dreien jeweils einen Teller, stellte den Kaffee bereit und gesellte sich zu uns. Zuerst aßen wir schweigend, Paul und ich mit großem Appetit, aber Lorenzo stocherte nur in seinem Essen herum und rührte auch seinen Kaffee kaum an.

„Wo ist eigentlich dieser van Dyke?“, fragte ich Lorenzo. „Habt ihr ihn mitgebracht?“

Jetzt trank er doch einen Schluck Kaffee, bevor er mir antwortete: „Nicolas war mitgenommener als er zugeben wollte. Er hat sich gleich hingelegt. Gut, dass wir genügend Gästezimmer haben.“

„Und der Prof? Was ist mit dem?“

„Der war ebenfalls müde.“ Lorenzo seufzte. „Er schläft.“

„Der Prof schläft am helllichten Tag? Das hat er doch noch nie gemacht, seitdem ich ihn kenne!“

Lorenzo verzog sein Gesicht zu einer leidenden Grimasse. „Wenn van Dyke da ist, gerät alles aus dem Rhythmus. Das ist wie ein schleichendes Gift. Es macht alles kaputt."

Ich warf Paul verstohlen einen Blick zu, doch der schüttelte nur den Kopf. Offensichtlich wusste er auch nicht mehr weiter.

Lorenzo atmete gepresst aus und drehte sich zu uns um. „Und ihr? Was habt ihr heute vor?"

„Weißt du nicht mehr? Anne hat um zehn Uhr einen Termin im Kinderschutzbund", gab Paul Auskunft.

„So ist es", bestätigte ich und diesmal musste ich meine Fröhlichkeit nicht vortäuschen. „Ich werde mich mit Julia treffen und wir werden zusammen lesen."

Lorenzo strengte sich sichtlich an, mir Interesse entgegenzubringen. „Was lest ihr gemeinsam?"

„Das Buch, das du für mich eingepackt hast. Peterchens Mondfahrt. Paul hat es mir empfohlen."

„Die Geschichte kenne ich leider nicht", meinte Lorenzo.

„Zwei Kinder müssen einen ganz furchtbaren Verbrecher überwinden. Sie tun das für ihren Freund, den Maikäfer", fasste Paul die Erzählung zusammen. „Ist wirklich gut."

„Maikäfer", wiederholte Lorenzo, aber ich merkte, dass er mit seinen Gedanken ganz woanders war.

Ich blickte auf die Uhr. „Paul, wir müssen uns beeilen… Ach übrigens, Lorenzo. Paul und ich gehen anschließend zu Ralf, um mal ein bisschen auf den Busch zu klopfen, was es Neues gibt. Vielleicht hat die Spurensicherung gestern Nacht im Hotel etwas Brauchbares gefunden, das uns weiterhelfen kann."

„Das würde mich zwar überraschen, aber möglich ist alles“, erwiderte Lorenzo.

Diesmal verstand ich ihn noch weniger, aber ich hatte jetzt keine Zeit, zu ergründen, was hier falsch lief. Doch ich nahm mir vor, der Sache später nachzugehen. Ich rutschte vom Hocker und verabschiedete mich von Lorenzo, indem ich ihn in den Arm nahm und an mich drückte.

39

Ich parkte den Golf direkt vor dem Kinderschutzbund. Samstagvormittag, kurz vor zehn. Allmählich begann der Verkehr auf der Straße dichter zu werden. Die Leute kamen aus ihren Häusern, um einkaufen zu gehen oder andere Besorgungen zu erledigen.

„Also“, sagte ich zu Paul, „bei mir dauert das exakt bis zwölf. Du kannst ja inzwischen…“, ich überlegte, und mir fiel nichts ein. „Was machst du eigentlich, wenn ich mit Julia zusammen bin?“

Paul blickte mich an, ein Lächeln stahl sich in sein Gesicht. „Du hast überhaupt nicht an mich gedacht, stimmt's?“

„Nein. Doch“, erwiderte ich lahm.

„Macht nichts. Ich werde etwas ganz Außergewöhnliches tun, während ich auf dich warte. Ich gehe hinüber in dieses Café“, er wies quer über den Platz auf ein Lokal, „suche mir einen netten Platz, trinke ein, zwei Mineralwasser, und esse vielleicht eine Kleinigkeit. Und dabei…“, er machte eine dramatische

Pause, griff in seine Manteltasche und zeigte mir einen E-Reader. „Und dabei werde ich lesen."

„Klingt nett", bemerkte ich.

Die Lachfältchen um Pauls Augen wurden tiefer. „Du hast es erfasst. Ich bin gut unter, du kannst dich voll auf deine Tochter konzentrieren."

Ich hatte das Gefühl, als wollte er sich zu mir hinüberbeugen, um mir zum Abschied einen Kuss auf die Wange zu geben – wie es Menschen tun, die sich gerne mögen und die sich für kurze Zeit trennen. Aber er bewegte sich nicht.

„Na dann", sagte ich, „wir sehen uns in zwei Stunden."

Wir stiegen aus, ich verschloss die Türen mit der Hand, winkte Paul zum Abschied zu und betrat das Gebäude des Kinderschutzbundes.

Die Räume lagen im ersten Stock. Ich stieg die Treppe hinauf. Diesmal begrüßte mich ein verwaister Empfangstresen. Ohne mich lange aufzuhalten, ging ich in das Zimmer, in dem ich das letzte Mal meine Zeit mit Julia verbracht hatte. Auch hier war ich mutterseelenallein.

Ich setzte mich an einen der Tische, fand aber keine Ruhe und stand wieder auf. Ich verschränkte meine Arme vor der Brust, lief auf und ab, und sah durch die Fenster hinaus auf den kleinen Park und das dahinterliegende Café. Ein einzelner Mann, schwarz gekleidet, groß und schlank, stand davor und zündete sich gerade einen Zigarillo an. Er drehte mir den Rücken zu. Seine gesamte Haltung wirkte entspannt. Trotzdem wusste ich, dass er sich in diesem Moment genauso einsam fühlte, wie ich.

Verdammt, dachte ich, *ich habe wenigstens meine Tochter.*

Ich setzte mich erneut an den Tisch, trommelte unruhig mit den Fingern auf das Holz, holte einige Stofftiere aus dem dahinterliegenden Regal und platzierte sie in einer lockeren Gruppe. Das machte aber auch keinen Spaß.

Mir fiel mein Handy ein. Ich nahm es in die Hand, prüfte, ob mich vielleicht jemand angerufen hatte, aber keine Nachricht wartete auf mich.

Ich checkte die Uhrzeit. Es war mittlerweile zehn Uhr fünfzehn. Ein leises Geräusch aus der Richtung des Empfangs drang zu mir. Ich erhob mich und ging nachsehen. Dort saß jetzt die Ehrenamtliche, die mich und Julia bei unserem ersten Treffen begleitet hatte. Sie telefonierte.

Ich hielt genügend Abstand, um sie bei ihrem Gespräch nicht zu stören. Erst als sie den Hörer auflegte, trat ich vor. „Ich warte auf meine Tochter, Julia Steinbach." Ich sah auf meine Armbanduhr. „Wir hatten um zehn einen Termin, aber sie ist noch nicht da."

Die Ehrenamtliche seufzte, schickte sich an, zu sprechen, brachte aber keine Silbe heraus und fuhr sich stattdessen mit der Zunge über die Lippen.

Ich stützte mich mit beiden Händen auf den Tresen. „Was ist los?"

„Frau Steinbach. Das tut mir leid", sagte sie.

„Was tut Ihnen leid?"

„Nun. Ihr geschiedener Mann…", fing sie an und stockte.

„Yannick? Was ist mit dem?"

„Ich habe soeben bei ihm angerufen und er hat mir mitgeteilt, dass er Ihre Tochter nicht mehr zu den Treffen bringen wird."

„Wie bitte?"

Mir wurde bewusst, dass ich beinahe geschrien hatte. Ich atmete tief ein und riss mich zusammen. „Aber es ist doch gerichtlich festgelegt, dass ich meine Tochter sehen darf. Daran muss er sich doch halten!“

„Normalerweise schon.“

„Normalerweise?“, stieß ich ungläubig hervor. „Was meinen Sie damit?“

Die Ehrenamtliche mied meinen Blick. „Die einzige Möglichkeit, die ich sehe, besteht meiner Meinung nach darin, dass Sie sich wieder an das Gericht wenden, um Ihre Ansprüche durchzusetzen. Sicher wird man Ihnen recht geben.“

„Mir recht geben?“, zischte ich. „Aber das dauert Wochen, wenn nicht Monate!“

Die Frau hob hilflos ihre Schultern. „Das ist nicht unsere Schuld. Wir können Ihren geschiedenen Mann wirklich nicht zwingen. Er…“

Was sie weiter sagte, hörte ich nicht mehr. Ich stürmte aus dem Raum, rannte die Treppen hinunter und riss die Tür so hart auf, dass sie gegen die Wand krachte. Am Golf angekommen, ließ ich mich auf den Fahrersitz fallen und rammte den Zündschlüssel ins Schloss. Ich startete. Mit quietschenden Reifen fuhr ich los.

Keine fünfzig Meter weiter fiel mir Paul ein. Wilde Flüche ausstoßend bremste ich scharf, riss das Steuer herum und raste in Richtung des Cafés zurück.

Als ich davor hielt, stand Paul bereits auf dem Gehsteig. Er öffnete die Tür und setzte sich neben mich.

„Wieso bist du hier draußen?“, sagte ich. „Ich dachte, du wolltest lesen.“

„Habe ich auch“, gab er mir zur Antwort. „…Bis

ich bemerkte, dass du aus dem Kinderschutzbund gerannt kamst und mit deinem Auto…", er klopfte mit der Hand auf das Armaturenbrett, „…glaube mir, du warst jedenfalls nicht zu übersehen."

Der Diesel arbeitete laut im Leerlauf.

„Willst du mir nicht verraten, was los ist?", fragte Paul leise.

„Yannick. Er ist einfach nicht gekommen. Er will die Treffen nicht länger einhalten. Ich …ich werde Julia wochenlang nicht mehr sehen."

„Aber das ist doch nicht in Ordnung! Du bist doch im Recht!"

„Im Recht", schnaubte ich. Tränen traten mir in die Augen und ich schluchzte laut auf.

Paul beugte sich zu mir herüber, legte seinen Arm um mich und drückte mich an sich. Ich konnte mich nicht mehr beherrschen und weinte an seiner Schulter.

Paul strich mir durchs Haar. „Was werden wir jetzt tun?"

Ich rückte von ihm ab, wischte mir über das Gesicht und räusperte mich. „Ich fahre zu ihm und kläre das. Auf meine Art."

Pauls Ausdruck wurde nachdenklich. „Hältst du das wirklich für eine gute Idee? Ich meine, ihm in deinem Zustand gegenüberzutreten?"

„Wenn ich nichts unternehme, wird es nur noch schlimmer." Ich sah Paul direkt an. „Hast du einen besseren Plan?"

Paul atmete tief ein, setzte sich auf seinem Sitz zurecht und legte den Sicherheitsgurt an. „Fahren wir", sagte er.

40

Die Reifen knirschten auf der Schneedecke, als ich vor Yannicks Auffahrt bremste. Er war gerade im Begriff, mit seinem silbergrauen Mercedes aus der Garage zu rangieren. Mein Golf versperrte ihm den Weg. Ich sprang aus dem noch laufenden Wagen. Auch Yannick stieg aus.

„Was soll das?“, rief er. Ärger spielte in seinem Gesicht. „Fahr sofort deine Rostlaube weg!“

In Windeseile war ich bei ihm. „Wo ist Julia? Wo ist meine Tochter!“

Yannick sah mich mit gespieltem Erstaunen an. „Das geht dich überhaupt nichts an.“

„Das geht mich nichts an? Wir hatten einen Termin! Einen gerichtlich bestätigten Termin! Um zehn Uhr. Zwei Stunden lang darf ich meine Tochter sehen. Und du musst dich daran halten!“

Aus meinen Augenwinkeln bemerkte ich, dass Paul ebenfalls aus dem Golf geklettert war und sich einen Zigarillo anzündete.

Yannick betrachtete mich mitleidig. „Du glaubst tatsächlich, seine richterliche Verfügung ist für mich bindend?“

„Du hast ihr zugestimmt!“

„Das habe ich in der Tat. Aber…“, er begann zu grinsen, „…die Umstände haben sich leider geändert.“

„Was denn für Umstände? Ich verstehe nicht!“ Ich merkte, wie ich unbeholfen herumstotterte und ich wusste aus Erfahrung, dass es mein Ex-Mann genoss, wenn er mich derartig fertig machen konnte.

„Natürlich verstehst du das nicht“, erwiderte er. „Du bist ja auch nicht die Allerhellste. Aber ich werde es dir erklären - mit einfachen Worten, dass selbst du es begreifen wirst.“

Ich zwang mich, tief ein- und auszuatmen.

„Ich beabsichtige, mich zu verändern.“

„Ach ja?“

„Stell dir vor. Ich habe mich auf eine Notariatsstelle in München beworben und wie es der Zufall und meine phantastischen Qualifikationen wollen, bin ich der Top-Bewerber um den Posten. Ich werde umziehen.“ Er redete nicht weiter, sondern wartete meine Reaktion ab.

Langsam dämmerte mir, was er vorhatte. „Du nimmst Julia mit. Und dann...“ Die Wörter brannten in meiner Kehle, ich konnte nicht mehr weitersprechen.

„Und dann…“, wiederholte Yannick genüsslich, „…wirst du Julia so schnell nicht wiedersehen. Aber vielleicht schicken wir dir eine Karte. Aus dem Urlaub.“

Blankes Entsetzen breitete sich in mir aus. Stumm schüttelte ich den Kopf. „Damit kommst du nicht durch."

„Damit komme ich nicht durch? Was willst *du* denn dagegen tun." Yannick lachte spöttisch.

Ich blickte ihn an und erkannte den Triumph in seinen Zügen. Ich hatte verloren. Wieder einmal.

„Anne?" Pauls Stimme klang ruhig und vollkommen unbeteiligt. „Wir sollten gehen."

Ich hob die Hand in seine Richtung, um ihn zum Schweigen zu bringen. Meine Aufmerksamkeit galt Yannick.

Der lächelte spöttisch, ging nah an mich heran, beugte sich zu mir vor und sagte im Flüsterton: „Und übrigens werde ich deinen schicken neuen Freund hier", er wies auf Paul, „beim Bischoff anzeigen. Priester dürfen nicht pimpern."

Ohne darüber nachzudenken, schlug ich ihm mit der flachen Hand ins Gesicht. Es war ein guter Schlag. Seine Lippe platzte auf.

Strauchelnd trat er zwei Schritte zurück und betastete mit den Fingerspitzen seinen Mundwinkel." Dafür mache ich dich fertig!", stieß er hervor. „Und Sie", er wandte sich Paul zu, „Sie sind mein Zeuge, Sie haben alles gesehen."

Paul nahm seinen Zigarillo, betrachtete ihn, warf ihn zu Boden und trat ihn sorgfältig aus. „Ich habe überhaupt nichts gesehen", stellte er fest.

Yannick wirkte wie vom Donner gerührt. „Sie sind Priester. Sie müssen doch die Wahrheit sagen. Sie dürfen überhaupt nicht lügen!"

Diesmal grinste Paul. Das Grinsen hatte nichts Freundliches in sich. „Eben darum."

41

Eine rote Limousine tauchte aus einer Nebenstraße auf und versuchte, mir die Vorfahrt zu nehmen. Ich schlug mit der flachen Hand auf die Hupe, dass sie laut aufheulte, gab Gas und schoss im Abstand von wenigen Millimetern an dem Wagen vorbei. Für einen Moment erhaschte ich einen Blick auf die Fahrerin. Ihre Augen waren weit aufgerissen, ihr Mund zu einem stummen Schrei verzerrt. Sollte sie sich ruhig aufregen, die dumme Kuh!

Paul saß nahezu bewegungslos neben mir. Er schien nichts von der Verzweiflung und der dumpfen Wut zu spüren, die mich erfüllten.

Die Ampel vor mir sprang auf Rot um. Ich beschleunigte und raste gerade noch über die Kreuzung. Diesmal hupten die anderen.

„Meinst du nicht auch", sagte Paul, „dass wir eine kleine Pause einlegen sollten?"

„Pause? Wozu! Wir haben um halb eins einen Termin bei Ralf. Und du kennst mich, ich bin immer pünktlich."

„Wenn du so weiterfährst, sind wir nicht pünktlich, sondern tot." Paul war die Sachlichkeit in Person.

„Du brauchst ja nicht mitkommen!"

„Das stimmt", sagte Paul nach einigem Zögern. „Lass mich bitte aussteigen. Sofort."

„Was meinst du?", meine Stimme drohte, sich zu überschlagen.

„Du hast mich schon verstanden."

Ich stieg hart auf die Bremsen, die Reifen protestierten quietschend, der Wagen schlitterte über eine Eisplatte und kam zum Stehen. Paul blieb wie unbeteiligt sitzen. Er blickte aus dem Seitenfenster, als gäbe es dort etwas Besonderes zu sehen.

„Worauf wartest du?", herrschte ich ihn an.

Paul drehte seinen Kopf zu mir, um mich eindringlich zu mustern. „Ich würde mich freuen, wenn du mit mir aussteigen würdest. Ich bin sicher, die frische Luft täte uns beiden gut."

„Klar", sagte ich. „Das sieht dir ähnlich. Du gehst ein wenig spazieren und alles ist wieder in Ordnung. Und weißt du, warum? Weil du niemanden auf der Welt hast. Weil du dich nur um dich selbst kümmerst. Weil du überhaupt keine Verantwortung für andere übernehmen willst und kannst."

Pauls Augen wurden hart. Sein Mund verzog sich leicht. Es dauerte lange, bis ich merkte, dass er lächelte. „Du weißt, dass das nicht stimmt, was du soeben gesagt hast." Ohne meine Antwort abzuwarten, öffnete er seine Tür, stieg aus und schmiss sie hinter sich zu.

Gepresst stieß ich meinen Atem aus und trat das Gaspedal hart nach unten. Die Vorderräder drehten durch, die Reifen jaulten auf, und der Golf schoss los. Als ich in den Rückspiegel blickte, sah ich Paul auf dem Gehweg stehen. Halb abgewandt von mir zündete er sich einen Zigarillo an.

„Verdammt!", fluchte ich, haute mit der Faust aufs Armaturenbrett und legte eine Vollbremsung hin. Meine Finger krallten sich ins Lenkrad, ich beugte mich nach vorne und drückte die Stirn gegen das Kunstleder. Mein Atem erschien mir überlaut.

„Verdammt, verdammt, verdammt!", schrie ich. Dabei schlug ich immer wieder auf die Armaturen. Schließlich richtete ich mich auf und strich mir die Haare aus dem Gesicht. Ich legte den Rückwärtsgang ein, bis ich neben Paul hielt. Er rauchte stillvergnügt. Ganz offensichtlich genoss er seinen Tabak.

Ich stellte den Motor ab, stieg aus und trat an seine Seite.

„Manchmal", sagte er, als wäre ich nie weggewesen, „komme ich hierher, um einen kleinen Spaziergang zu machen. Eigentlich mag ich die Strecke weiter unten lieber, aber hier ist es auch ganz nett." Er wies mit der freien Hand nach vorne, wo sich ein künstlicher, ungefähr dreißig Meter breiter Kanal zwischen den Hochhäusern kerzengerade dahinzog.

Ich blickte in die Richtung, in die er wies. „Nicht gerade viel los, oder?"

„Nicht um diese Zeit", erwiderte er.

Wir setzten uns in Bewegung, und sobald wir die Böschung erklommen hatten, liefen wir auf dem Gehweg, der dort entlangführte. Ein unbarmherzig kalter Wind fegte heran. Er riss an unserer Kleidung, rieb wie Schmirgelpapier über mein Gesicht.

Ohne zu reden, schritten wir nebeneinander her. Die Verzweiflung und Wut, die mich beherrschten, ließen zögernd von mir ab, um schließlich ganz zu verschwinden. Ich zitterte - nicht nur wegen der Kälte, nicht nur wegen Julia und ganz sicher nicht wegen Yannick.

Wortlos legte Paul einen Arm um mich. Wir gingen weiter und ich lehnte mich im Laufen an ihn. Es war ein schönes Gefühl. Ganz, wie es sein sollte.

Ein großes Binnenschiff erschien, es transportierte wohl Kies oder Sand. Es war sehr lang, lag flach auf dem Wasser und glitt fast geräuschlos auf uns zu. Dann passierte es uns, um unaufhaltsam fortzustreben.

Ich konnte in die erleuchtete Kajüte sehen. Ein Mann und eine Frau saßen dort an einem Tisch, offensichtlich aßen sie zu Mittag. Ein paar Enten flogen heran, stießen schnatternde Laute aus und ließen sich in dem brackig-braunen Wasser nieder. Die Kälte schien ihnen nichts auszumachen.

„Findest du es wirklich schön hier?“, fragte ich Paul.

„Manchmal schon“, antwortete er und hielt mich noch ein wenig fester.

42

Ralf warf einen vorwurfsvollen Blick auf seine Armbanduhr. „Wenn halb eins ausgemacht ist, heißt das zwölf Uhr dreißig und nicht zwölf Uhr fünfundvierzig und schon gleich gar nicht fast dreizehn Uhr."

„Tut uns leid", sagte ich.

„Leid tut dir das?", brauste Ralf auf. „Du weißt ja nicht, was ihr mir angetan habt. Ich habe meiner Frau versprochen, dass ich heute mit ihr Weihnachtsgeschenke einkaufen gehe. Das ist ein fester, lang ausgemachter Termin. Sie war sowieso schon sauer, als ich ihr heute eröffnet habe, dass ich nochmals ins Büro muss. Und jetzt komme ich auch noch zu spät!"

Wir nahmen auf den Besucherstühlen Platz. Paul legte Mitgefühl in seine Stimme. „Es ist alles meine Schuld. Wir waren den ganzen Vormittag über beschäftigt und ich musste unbedingt noch einen Zigarillo rauchen. Hier…", er machte eine Rundum-Geste mit der Hand, „…hier ist das ja mittlerweile verboten."

„Mittlerweile ist nahezu alles verboten, was Spaß macht“, pflichtete ihm Ralf sichtlich besänftigt bei. „…Aber wem erzähle ich das. Wenn ihr während der Gottesdienste das Rauchen erlauben würdet, wären eure Kirchen sicher im Handumdrehen proppenvoll. Einfach so!“ Er schnipste mit den Fingern.

Ich kaschierte meinen Lacher mit einem Husten und Paul erweckte den Anschein, als hätte er die letzte Bemerkung überhört.

Ralf bedachte uns mit einem irritierten Blick, bis ihm bewusst wurde, was er soeben geäußert hatte. Röte schoss in sein Gesicht. Er räusperte sich. „Also, in dem Fall von Herrn van Dyke hat sich folgendes ergeben: Wir haben im Hotelzimmer seine Fingerabdrücke gefunden sowie die vom Reinigungs- und Hauspersonal. Nichts, was sich auf den Angreifer beziehen könnte. Keine fremde DNS, keine sonstigen Spuren.“

„Und die Tatwaffe?“, fragte ich.

„Wie zu erwarten war, ist sie Marke Eigenbau. Eine stinknormale Klaviersaite, wie man sie in jedem Fachgeschäft für Musikinstrumente bekommt. Zwei Holzstäbe. Bei der Untersuchung der Blutreste ist festgestellt worden, dass dort auch älteres Blut klebt. Das wird gerade im Labor untersucht, dauert aber noch. Wir haben Wochenende und ich hoffe, dass wir am Montag, spätestens Dienstag mehr wissen.“

„Dann wäre es durchaus denkbar“, meldete sich Paul zu Wort, „dass es sich um die gleiche Waffe handelt, mit der auch Pfarrer Kupfer getötet worden ist.“

Ralf wischte einen imaginären Fussel von seiner Tischplatte. „Auszuschließen ist das nicht. Eigentlich ist es sogar wahrscheinlich. Aber wir haben bislang keine Verbindung zwischen Herrn van Dyke und Herrn Kupfer gefunden. Oder ist mir da etwas entgangen?“

Ich schüttelte den Kopf. „Nein. Zwischen dem Pfarrer und Herrn van Dyke gibt es keine Verbindung. Da sind wir uns ziemlich sicher.“

„Nachdem ich so lange auf euch warten musste, habe ich in der Klinik angerufen, um Herrn van Dyke nochmals zu sprechen. Aber der war nicht mehr da. …Ist von einem nahen Angehörigen abgeholt worden, hat man mir gesagt.“

„Von einem Freund“, stellte ich richtig. „Professor Satorius hat ihn zu sich genommen. Heute früh schliefen sie beide noch, als wir aus dem Haus gegangen sind.“

Ralf musterte uns unter seinen gesenkten Lidern hervor. „Ihr könnt ihn ja befragen, wenn ihr wieder zum Professor geht. Vielleicht findet ihr etwas heraus. Ansonsten werde ich mir diesen Herrn van Dyke am Montag noch einmal vornehmen.“

Es klopfte. Die Tür öffnete sich einen Spalt und Frau Agulescu sah mit einem verhaltenen Lächeln in den Raum. „Störe ich?“, fragte sie. „Der Pförtner unten meinte, es sei in Ordnung, wenn ich heraufkomme.“

„Ach, woher denn“, sagte Ralf mit aufgesetzter Freundlichkeit. „Treten Sie ruhig ein.“

Er erhob sich, ergriff einen Stuhl, der neben seinem Aktenschrank stand und platzierte ihn ebenfalls vor dem Schreibtisch. „Hier, bitte“, sagte er.

„Vielen Dank.“ Frau Agulescu stellte zwei Plastiktüten mit weihnachtlichem Aufdruck auf dem Boden ab und setzte sich. „Ich habe aber nicht viel Zeit und will Sie nicht zu lange belästigen. Ich war nur gerade ganz in der Nähe und da dachte ich, ich könnte vorbeikommen und mich von Ihnen verabschieden."

„Verabschieden?", wiederholte Ralf und diesmal wirkte sein freundliches Gesicht echt.

„Ja. Meine Reportage ist nahezu fertig. Sie alle waren eine große Hilfe." Sie lächelte. „Und da habe ich gedacht, ich komme vorbei und sage Danke."

Sie beugte sich zur Seite, griff in eine der Tüten und brachte etliche Weihnachtsmänner aus Schokolade zum Vorschein - ein Schweizer Qualitätsprodukt, nicht diese billigen Dinger vom Discounter.

„Nun", sagte sie, „nichts Großes, aber zu dieser Jahreszeit...", sie zwinkerte. „Also, hier ist einer für Sie, Herr Lamprecht, einer für Frau Steinbach und dieser ist für Herrn Wagner."

Frau Agulescu reichte uns die Schokolade, kramte erneut in der Tasche und förderte noch drei Nikoläuse hervor, die sie in der Hand behielt.

Als sie meinen fragenden Blick registrierte, meinte sie schüchtern: „Die sind für Herrn Satorius und Herrn Falcone."

„Und für wen ist der dritte?", erkundigte sich Paul.

„Oh je!", sie schien ratlos und runzelte die Stirn. „Da habe ich mich wohl verzählt... Aber da war doch noch dieser fremde Herr auf dem Friedhof. Wie hieß er gleich?"

„Herr van Dyke", erwiderte Paul.

„Vielleicht könnten Sie ihm den Überzähligen geben."

„Aber gerne." Paul beugte sich nach vorne und nahm die drei Schokomänner, um sie vor sich auf dem Tisch aufzubauen.

Die Nikoläuse grinsten mich an.

„Und?", erkundigte sich Ralf. „Sie sind mit Ihrer

Reportage wirklich fertig?“

„Beinahe. Das war ein hartes Stück Arbeit. Ich wollte dem Thema gerecht werden und nichts Sensationsheischendes verfassen.“

„Diese Einstellung ist heutzutage wirklich selten“, bemerkte ich.

Frau Agulescu nickte. „Und deswegen hätte ich noch eine kleine Bitte an Sie. Ich würde Ihnen gerne meinen Entwurf zur Durchsicht geben, sobald ich ihn endgültig fertiggestellt habe. Wie gesagt, Sie waren alle derart hilfsbereit zu mir. Ich möchte vermeiden, dass sich vielleicht unbeabsichtigt eine Bemerkung oder Formulierung eingeschlichen hat, die Ihnen beruflich schaden würde.“

„Das finde ich total anständig.“ Ralf strahlte. „Eine schlechte Presse kann einen regelrecht ruinieren.“

„Ich würde es dann Frau Steinbach zum Lesen geben, wenn Ihnen das recht ist, Herr Lamprecht.“

Ralfs Grinsen erinnerte mich an alte Zeiten. Er liebte es, Arbeit zu delegieren. „Super“, sagte er. „Frau Steinbach ist für eine derartige Aufgabe wie geschaffen.“

„Den Tod von Herrn Pfarrer Kupfer habe ich übrigens überhaupt nicht erwähnt. Weil, ich denke…“, Frau Agulescu zögerte, „der Fall ist noch nicht abgeschlossen. Oder sind Sie in der Sache weitergekommen?“

„Leider nein“, antwortete ich.

„Aber diese Satanisten? Was ist mit denen?“

„Welche Satanisten?“, fragte Ralf, plötzlich hellhörig.

Ich winkte ab. „Keine Satanisten. Nur spätpubertierende Jungs, die sich schwarz anziehen, kiffen wie die Weltmeister und auf gefährlich machen. Die sind allesamt therapiebedürftig, aber nicht böse. Sie haben nichts damit zu tun."

„Dann tappen Sie bei dem Mordfall noch immer im Dunkeln? Schade." Frau Agulescu wirkte traurig und betroffen. „Solch eine sinnlose Tat macht nachdenklich. Das hätte wirklich nicht passieren müssen."

43

Ein grauer Wintertag, Menschen in dicken Jacken oder Mänteln. Vollgestopfte Plastiktüten. Eilige Geschäftigkeit, jeder rennt irgendwohin, hetzt seinem persönlichen Zeitplan hinterher.

„Ich denke, dass Satorius mittlerweile wach sein dürfte", sagte ich mit Blick auf die Uhr und wechselte den Gang.

„Hm", erwiderte Paul.

„Er muss mir mit Yannick helfen. Er ist der Einzige, der das kann. Wenn jemandem etwas einfällt, dann ihm."

„Der Prof beherrscht alle juristischen Tricks. Er findet eine Lösung." Pauls Stimme strahlte Zuversicht aus.

„Yannick hat mich inzwischen bestimmt schon angezeigt – auch wenn er damit vielleicht wenig Aussicht auf Erfolg hat", redete ich weiter. „Er weiß genau, wie sehr er mich damit trifft… Und steter Tropfen höhlt den Stein."

Paul nickte. „Das ist tatsächlich eine gute Taktik."

„Super. Jetzt bewunderst du auch noch Yannicks Vorgehen." Ich riss etwas zu fest an der Kupplung. Sie knirschte metallen.

„So habe ich das nicht gemeint."

„Wie dann?"

„Meiner Einschätzung nach, kann es dein Ex-Mann nicht ertragen, zu verlieren. Wenn wir ihn aber mehrmals aushebeln oder sogar scheitern lassen, wird er sehr schnell die Lust an diesem – wie soll ich sagen – *Spielchen* verlieren… Und irgendwann wird ihm dann auch Julia nicht mehr so wichtig sein."

Ich warf Paul einen kurzen Blick zu, bevor ich mich wieder auf die Strecke konzentrierte. „Du meinst, Julia ist für ihn nur Mittel zum Zweck?"

Paul dachte kurz nach. „Er mag sie schon. Aber hauptsächlich ist es eine Sache zwischen euch beiden. Ich weiß zwar nicht, was vorgefallen ist, aber ich habe den festen Eindruck, dass du wahrscheinlich der einzige Mensch sein dürftest, dem er sich unterlegen fühlt."

Ich seufzte. „Klasse. Dafür kann ich mir wirklich etwas kaufen."

Schweigend trieben wir mit dem Verkehr dahin.

„Mir reicht's. Dieser Fall ist das reinste Chaos", wechselte ich das Thema. „Wir stochern die ganze Zeit im Nebel und wenn wir ehrlich sind, haben wir überhaupt nichts herausgefunden. Pfarrer Kupfer hat diese Villa betrieben…"

„…aber darüber wusste jeder Bescheid. Kein erkennbares Motiv in dieser Richtung."

„Genau", bestätigte ich. „Und die Bewohner – allesamt belastet aber keinem traue ich einen gezielten Mord zu. Auch nicht der Frau, die schizophren ist."

„Diesen einzelnen Fall sollten wir später nochmal aufgreifen. Aber im Moment…“, Paul schüttelte den Kopf, „…bringt uns das nicht weiter.“

„Die Gothic-Typen sind harmlos, Herr Trümmberg ist absolut sozial und versucht lediglich, das Schicksal seiner Familie zu verarbeiten.“

„Der Selbstmord von Herrn Kolb hat keinerlei Verbindung zu Pfarrer Kupfers Ermordung. Auch das hat sich als Sackgasse erwiesen“, sagte Paul.

„Bleibt nur noch die Drahtschlinge und van Dyke“, stellte ich fest. „Vielleicht hat derselbe Täter, der den Pfarrer ermordet hat, auch versucht, den Freund vom Prof umzubringen.“

„Ich bin gespannt, was die Auswertung der Blutspuren ergibt“, meinte Paul.

„Ich auch. Das ist der einzige Strohhalm, an den wir uns noch klammern können, um diesen Fall aufzuklären.“

„Du hast gehört, was Ralf gesagt hat. Mit den Laborergebnissen dürfen wir frühestens am Montag rechnen.“

„Wie passend!“

„Das ist doch nicht verkehrt, Anne. Vielleicht brauchen wir etwas Abstand. Wir fahren jetzt zu Satorius, sprechen mit ihm und mit van Dyke und lassen es für heute gut sein.“

Ich dachte eine Weile darüber nach. Es klang wirklich vernünftig. „Und was machen wir mit dem angebrochenen Wochenende?“, fragte ich.

Paul trommelte mit seinen Fingern spielerisch auf dem Armaturenbrett herum, grinste und meinte: „Chillen.“

44

Als wir im Begriff waren, die Garderobe zu verlassen, merkte ich, dass sich das Haus von Satorius und Lorenzo verändert hatte. Es herrschte eine ungewohnte Stimmung. Ich konnte sie nicht genau definieren, aber beinahe mit Händen greifen. Ich sah zu Paul. Sein Ausdruck sagte mir, dass er ähnlich empfand.

Wir erreichten die Küche. Sie war nicht aufgeräumt. Drei benutzte Teller, halb leer getrunkene Tassen. Auf dem Herd die Pfanne von unserem Frühstück.

Wir gingen in die Bibliothek. Lorenzo saß auf seinem Platz - auf dem Tisch neben ihm eine halbleere Flasche Grappa.

Er grüßte mit seinem Glas in unsere Richtung und nahm wortlos einen tiefen Schluck.

Im Näherkommen bemerkte ich, dass seine Augen stumpf glänzten. Sein Haar war zerzaust. Offensichtlich hockte er schon länger hier und hatte mehr getrunken, als ihm gut tat.

Zunächst verharrten wir ratlos, dann nahmen Paul und ich wie auf ein geheimes Kommando gleichzeitig Platz, und Paul meinte: „Lorenzo, was ist denn los?"

Lorenzo lachte auf. Es klang verzweifelt. „Was soll schon los sein? Nichts ist los. Nur die alte Leier. Ich bin mal wieder alleine."

„Wo ist denn der Prof?" fragte ich.

„Der ist weg. Mit van Dyke."

„Was meinst du mit *weg*?", erkundigte sich Paul.

Lorenzo trank sein Glas aus, stellte es auf den Tisch und füllte sich nach. „Weg, wie weg. Das war früher auch so. Dann kamen die drei, haben sich irgendwo eingeschlossen und Friedrich ist mit ihnen verschwunden. Und wenn er zurückkam…" Lorenzos Hand krampfte sich um das Glas. Er hob es an und kippte den Inhalt hinunter. „Es hat Monate gedauert, bis er wieder so war, wie früher."

Ich ließ meiner Neugier freien Lauf. „Was hat er denn gemacht? Ich dachte, er war Professor?"

„Professor", Lorenzo lachte dieses seltsame Lachen voller Bitterkeit. Langsam bekam ich Angst. „Natürlich war er das. Aber er hatte noch diese winzige *Nebenbeschäftigung*."

Wir warteten darauf, dass er weitersprach.

„Aufgrund seines akademischen Standes konnte er nahezu unbehelligt in den Ostblock reisen. Ihr wisst schon, hinter den Eisernen Vorhang, zu Zeiten der kommunistischen Regime."

„Und?" Ich fühlte genau, dass er uns etwas verschwieg.

Wieder hob Lorenzo das Glas an, setzte es ab, wischte sich abschätzig über die Lippen und meinte: „Geheimdienst."

Zunächst verstand ich nicht, was er sagte, dann wurde es mir von innen heraus kalt. Ich sah zu Paul, doch der mied meinen Blick. Mir wurde klar, er wusste über diesen Teil von Satorius' Leben zumindest in groben Zügen Bescheid.

Ich wandte mich Lorenzo zu. „Du sagtest, drei Leute kamen? Das Team bestand also aus vier Personen? Satorius und drei andere?"

Lorenzo schob die Grappaflasche beiseite und drehte eine Fotografie um, welche er mir reichte.

„Familienfoto", sagte er.

Satorius war ein gut aussehender Mann gewesen. Groß, durchtrainiert – offensichtlich trug er einen maßgeschneiderten Anzug. Und er saß nicht in einem Rollstuhl. Die drei anderen Männer auf dem Bild hatten die gleiche Ausstrahlung wie er, doch ich erkannte lediglich van Dyke.

Ich hielt das Bild Paul hin. Er sah es sich an, legte seinen Zeigefinger auf das Gesicht eines schwarzhaarigen Mannes, der neben Satorius stand. „Das ist van Dyke. Aber wer ist der andere?"

Lorenzo beugte sich nach vorne und kniff die Augen zusammen. „Martin Koitsch – Professor für Slawistik."

„Und der Vierte?", fragte ich.

„Der ist vor kurzem gestorben. Ihr habt seine Beerdigung gesehen. Rüdiger Kolb – Chemiker."

„Diese vier waren zusammen im Ostblock?" Unvermittelt hatte ich eine Eingebung. Ich sah mich suchend in der Bibliothek um, bis ich das Gemälde entdeckte, das Satorius von Kolb geerbt hatte. „Deshalb das rumänische Bild."

Lorenzo fuhr sich mit der Hand über die Stirn. „Ein Souvenir, wenn du so willst. Von einem Einsatz.

Ich hasse diese *Mitbringsel.* Das ganze Haus ist voll davon."

„Rüdiger Kolb hat angeblich Selbstmord begangen", sagte Paul. „Pfarrer Kupfer ist in seiner direkten Nähe ermordet worden und dann hat man versucht, van Dyke umzubringen. Und vermutlich wurde dafür die gleiche Drahtschlinge wie bei Herrn Kupfer benutzt."

Lorenzo senkte seinen Kopf, bevor er tief einatmete. „Friedrich hat mir nichts erzählt. Wie immer. Aber ich weiß es. Er und van Dyke befürchten, dass jemand aus der Vergangenheit das Ziel hat, alle vier aus der Gruppe umzubringen."

„Und was ist mit Pfarrer Kupfer?", fragte Paul.

Diesmal hob Lorenzo ratlos die Schultern. „Ich weiß nicht, wie er da hineinpasst. Aber Friedrich und van Dyke sind jetzt unterwegs. Und wie ich sie kenne, haben sie die Absicht, die Sache zu beenden." Er lachte bitter auf. „Friedrich will mich schützen."

„Aber der Prof und van Dyke sind nicht mehr die Jüngsten", warf ich ein.

„Deswegen habe ich furchtbare Angst, mia cara."

„Kannst du dir vorstellen, wohin der Prof und van Dyke sind?", fragte Paul.

Lorenzo lächelte schmerzhaft. „In den alten Zeiten sind sie immer, wenn sie einen Auftrag hinter dem Eisernen Vorhang geplant haben, zuerst für ein paar Tage in ein Wochenendhaus gefahren."

„Warst du schon einmal dort?", fragte Paul.

Lorenzo schüttelte energisch den Kopf. „Niemals. Aber ich weiß, wo es ist. Es gehört Friedrich und mir."

„Wo liegt es genau?", erkundigte ich mich.

„In den Bergen. An der Grenze zu Tschechien.

Keine zwei Stunden von hier."

„Du bist dir sicher, sie sind jetzt dort?"

„Kein Zweifel. Sie warten auf den Killer und bereiten sich vor."

45

Der Golf schaffte nur einhundertachtzig Stundenkilometer, dafür hielt er die aber auch. Wahrscheinlich schluckte er jetzt Diesel ohne Ende, doch das war mir egal.

Die Landschaft, durch die wir fuhren, wirkte grau und leblos. Die Sonne war hinter einer dicken Wolkenschicht verborgen und das Licht verlor allmählich an Kraft. Die einsetzende Dämmerung ließ die Einzelheiten der Umgebung zurücktreten. Sie büßten jede Schärfe ein.

Unsere Fahrt ging stetig bergan. Jetzt rieselten weiße Flocken aus dem Nichts herab, der Niederschlag wurde dichter. Ich betätigte den Scheibenwischer. Sein monotones Geräusch vermischte sich mit dem asthmatischen Surren der Heizung.

„Wenn wir einen Unfall bauen, können wir dem Prof nicht mehr helfen", mahnte Paul.

Ich wollte etwas Hitziges erwidern, musste aber einsehen, dass er recht hatte. Widerwillig nahm ich meinen Fuß vom Gas und passte unsere Geschwindigkeit den Witterungsverhältnissen an, die sich zunehmend verschlechterten. Doch eigentlich fuhr ich noch immer wie der Henker.

„Laut Navi brauchen wir noch dreißig Minuten." Pauls Stimme hatte wieder einmal diesen beruhigenden Einfluss auf mich.

„Hoffentlich kommen wir nicht zu spät", sprach ich meine Befürchtung aus.

„Sie sind zu zweit. Und wie ich den Prof kenne, sind sie vorsichtig."

„Das mag schon sein", erwiderte ich. „Aber sie sind alt und der Prof sitzt im Rollstuhl."

Diesmal hatte ich recht und Paul quittierte das schweigend. Ich spürte, dass auch er sich große Sorgen machte. Mehrmals hatte er in den vergangenen Minuten in seine Jackentasche gegriffen, in der Absicht, sich einen Zigarillo herauszuangeln. Und immer wieder hatte er den Versuch abgebrochen.

„Du kannst ruhig rauchen", sagte ich.

„Macht es dir wirklich nichts aus?"

„Wenn du mir auch einen gibst…"

„Du hast doch mit dem Rauchen endgültig aufgehört."

„Natürlich. Mit dem Rauchen von Zigaretten… Jetzt zier dich nicht und gib schon her."

Paul förderte zwei Zigarillos zutage, zündete einen an und steckte ihn mir zwischen die Lippen. Ich nahm einen tiefen Zug und musste husten. Beinahe wäre mir der Glimmstängel auf den Sitz gefallen. Gerade noch erwischte ich ihn mit der Rechten, die Linke blieb am Steuer.

„Junge", sagte ich. „Dieses Zeug rauchst du wirklich? Das ist ja die reinste Sündenstrafe."

„Mir schmeckt's", Paul blies genüsslich blaugrauen Rauch von sich.

Vorsichtig nahm ich einen zweiten Zug.

Der Schneefall hatte an Intensität zugenommen. Ich schaltete einen Gang zurück, und jetzt tuckerten wir wirklich im Schneckentempo dahin.

„Was haben die eigentlich damals hinter dem Eisernen Vorhang gemacht?"

„Du meinst Satorius und seine Freunde?"

Ich nickte.

„Keine Ahnung. Ich nehme an, sie haben Informationen gesammelt. Über wissenschaftliche Forschungsergebnisse vielleicht."

„Ich hatte vorhin dein Eindruck, du wüsstest über das Vorleben des Profs Bescheid."

„Als ich die beiden kennengelernt habe, saß der Prof bereits im Rollstuhl. Seine Vergangenheit mit dem Geheimdienst war ein abgeschlossenes Kapitel. Zwar habe ich ein paar Mal einige Gesprächsfetzen zwischen Lorenzo und dem Prof aufgeschnappt, aber konkret…", Paul wedelte mit dem Zigarillo herum, „konkret ist nie etwas thematisiert worden."

Der Navi lotste mich von der Autobahn auf eine Bundesstraße. Wir überquerten eine Ebene, dann erhoben sich links und rechts von uns die engen Hänge eines Tales - bewachsen mit dunklen, fast schwarzen Tannen. Die Lichtkegel der Scheinwerfer kämpften sich durch das dichte Schneetreiben.

Die Winterreifen, die Selçuk dem Wagen verpasst hatte, waren nagelneu und griffen sicher in die Schneedecke der Fahrbahn. Wir bewegten uns immer höher voran. Mehrmals knackte es in meinen Ohren.

Schließlich verließen wir die Bundesstraße. Im zweiten Gang schlichen wir dahin. Zu unserer Rechten erschien ein Schild, auf dem *Privatweg* stand, und der Navi lotste mich hinein. Nach wenigen Metern erreichten wir eine Anhöhe. Ein Bach plätscherte uns fröhlich entgegen und nicht weit von uns entfernt, vielleicht zwei-, dreihundert Meter, machte ich die Umrisse einer alten Mühle aus, die dicht neben dem teilweise vereisten Gewässer errichtet worden war. Licht brannte in einem der Fenster.

„Wir sind da", sagte ich.

46

Wir ließen das Auto am Straßenrand zurück. Der Schotterweg, der zur Mühle führte, war mit Eis und Schnee bedeckt. Nur mühsam stapften wir voran. Ich griff hinter meinen Rücken, zog meine Automatik heraus und ließ den Arm mit der Waffe betont unauffällig herabhängen.

Im Näherkommen registrierten wir einen alten Schuppen, dessen Tore halb offen standen. Undeutlich zeichnete sich im Inneren Satorius' Mercedes-Van ab.

Paul wies auf die Garage. „Lorenzo hatte recht."

„Hast du jemals daran gezweifelt?", erwiderte ich.

Die Tür war so alt wie das Gebäude. Vor langer Zeit hatte sie jemand grün lackiert. Die Farbe war inzwischen verblichen und blätterte ab. Nirgends war eine Klingel oder ein Lichtschalter auszumachen.

Ohne zu zögern klopfte Paul hart gegen das Holz.

Schritte ertönten. Die Tür wurde geöffnet. Van Dyke blickte uns entgegen. Er schenkte uns ein unverbindliches Lächeln, und rief über seine Schulter hinweg: „Sie sind da, Friedrich." Danach drehte er sich um und ließ uns einfach stehen. Paul nahm meinen Arm und wir folgten van Dyke ins Innere.

Das hohe untere Stockwerk war vollkommen entkernt, die Wände holzvertäfelt. Ein großer, gusseiserner Kamin verbreitete eine nahezu unerträgliche Hitze. Die linke Seite des Raumes bestand aus einer durchgehenden Glasfront. Bei Tag mochte man einen herrlichen Ausblick haben. Jetzt, in der Nacht, spiegelte sich das Licht in den Scheiben.

Satorius saß in seinem Rollstuhl hinter einem Tisch und schmierte Butter auf eine Scheibe Brot. Daneben eine Flasche Wein, vier Gläser, Wurstaufschnitt, verschiedene Käsesorten auf Holztellern.

„Ihr müsst Hunger haben", sagte er.

So unauffällig wie möglich, steckte ich meine Pistole in den Holster zurück. Paul half mir aus dem Anorak, dann legte auch er ab.

Satorius wedelte mit dem Messer in Richtung der Wand, an der sich einige Haken befanden. Wir folgten seinem stummen Impuls, hängten unsere Jacken auf und gingen zu ihm hinüber, um uns auf die Eckbank zu setzen.

„Willst du nicht auch noch etwas essen?", sagte Satorius zu van Dyke.

Der betrachtete uns abschätzend. An seinem Hals leuchtete ein weißer Verband. Er schüttelte den Kopf. „Nein. Ich würde nur stören. Das ist dein Besuch. Ich gehe dann mal schlafen."

„Bist du sicher?", fragte Satorius.

Van Dyke war inzwischen bereits einige Stufen die Treppe hinaufgegangen, die im hinteren Teil des Raumes nach oben führte. Die alten Stiegen knarzten unter seinen Füßen. „Es genügt vollkommen, wenn einer von uns wach ist. Ich will morgen ausgeruht sein."

Er verschwand aus unserem Sichtfeld, und ich hörte, wie im ersten Stock eine Tür geöffnet und geschlossen wurde.

In der folgenden Stille prasselte das Feuer im Ofen überlaut.

„Du warst gar nicht überrascht, dass wir dich aufgespürt haben", begann ich.

Satorius verzog nur leicht das Gesicht, ergriff die Flasche und goss uns allen Wein ein. Er prostete uns zu. Ich zögerte, bevor ich mit ihm anstieß. Dann tranken wir.

Satorius setzte sein Glas ab. „Ich habe Lorenzo zwar nichts verraten, aber er hat schon immer gewusst, wo ich mich aufhalte."

„Er stirbt fast vor Sorge um dich", sagte Paul.

Satorius spielte unschlüssig mit dem Brotmesser. „Lorenzo hat hiermit nichts zu tun. Ich habe ihn nie mit hineingezogen, und habe das auch jetzt nicht vor." Er wirkte fest entschlossen und ich hatte den Eindruck, einen vollkommen anderen Menschen vor mir zu haben.

„Ich verstehe das nicht", sagte Paul. „Würdest du vielleicht…", er beendete seinen Satz nicht und musterte Satorius ebenfalls, als wäre er ein Fremder.

Satorius blickte uns an, runzelte die Stirn und seufzte schließlich. „Ich glaube, ich bin euch eine Erklärung schuldig. Was wisst ihr bereits?"

47

Paul griff in die Tasche seines Jacketts, holte das alte Schwarzweiß-Foto heraus, das uns Lorenzo gegeben hatte, und schob es Satorius entgegen.

Der legte seinen Zeigefinger darauf, um es näher zu sich heranzuziehen. Lange blickte er es an.

„Nicolas van Dyke kennt ihr ja schon“, begann er endlich. „Professor für Maschinenbau. Rüdiger Kolb war Chemiker und der Vierte, Martin, Martin Koitsch, Professor für Slawistik… Na ja“, fügte er nach einer Weile hinzu, „und ich selbst, Jurist und Mediziner.“

Er hatte seinen Kopf gesenkt, schien nach den richtigen Worten zu suchen. „Ihr könnt das heute wahrscheinlich nicht mehr verstehen. In den siebziger Jahren, da war es fast unmöglich, hinter den Eisernen Vorhang zu reisen. Aber es existierte zumindest ein gewisser Austausch im Universitätsbereich. Und wir vier“, er tippte mit dem Zeigefinger auf das Foto, „wir fuhren sehr häufig in den Ostblock.“

Satorius musste sich zwingen, weiterzureden. „Allerdings stand für uns nicht der Wissensaustausch im Vordergrund. Nein.“ Er wischte mit der Hand über das Bild, als wollte er es von Schmutz befreien, der nur für ihn sichtbar zu sein schien. „Nein“, wiederholte er, „wir hatten bestimmte Aufträge.“

„Aufträge? Was können wir darunter verstehen?“, fragte Paul.

Satorius atmete hörbar ein. „Kontakt zu Dissidenten. Wir organisierten – wenn es möglich war - die Flucht in den Westen - für Wissenschaftler und… und andere. Wir sollten auch herausfinden, wie weit entwickelt die Waffentechnik dort war. Kurz: wir sammelten sämtliche Informationen, derer wir habhaft werden konnten, und taten wirklich alles, um das System drüben zu schwächen.“

„Das klingt zwar gefährlich“, sagte ich, „aber insgesamt wie etwas sehr Sinnvolles.“

Satorius lachte bitter auf. „ Klingt wirklich gut, nicht wahr? …Aber ich muss dir sagen, auf viele Dinge, die wir gemacht haben, war und ist keiner von uns stolz.“

Pauls Miene drückte Erstaunen aus. „Menschen zu helfen, in die Freiheit zu gelangen, ist doch keineswegs negativ.“

Satorius ergriff sein Weinglas, trank einen winzigen Schluck. „Dazu gehören immer zwei. Ein Fluchthelfer und jemand, der fliehen möchte... Manche wollten aber gar nicht weg. Sie waren vom Regime überzeugt. Glaubten an den Kommunismus. Doch die Arbeit, die sie machten, barg eine viel zu große Gefahr in sich.“ Satorius stellte das Glas mit einem leisen Klirren ab. „In solchen Fällen blieb uns keine Alternative.“

Das Feuer im Ofen prasselte in die Stille. Das

gusseiserne Ungetüm selbst protestierte mit einem langgezogenen Geräusch gegen die Hitze. Es glich einem Stöhnen.

Die Augen von Satorius blieben unbeweglich und fest an uns haften, ihr Blau frostig, wie der Himmel an einem Januartag. „Wir mussten auch töten."

Keiner von uns rührte sich. Ich horchte in mich hinein, in dem Versuch zu ergründen, was seine Worte in mir auslösten.

„Wie hängt das alles mit dem Mord an Pfarrer Kupfer zusammen? Und was hat es mit dem Anschlag auf van Dyke auf sich?", fragte ich schließlich.

Satorius machte eine ratlose Geste mit den Händen. „Wie Pfarrer Kupfer hier hineinpassen soll, verstehe ich beim besten Willen nicht. Er hatte nie etwas mit uns zu tun. Vielleicht… vielleicht war er nur zur falschen Zeit am falschen Ort… Aber der Selbstmord von Rüdiger Kolb, der erschien mir und van Dyke von Anfang an sehr suspekt. Deswegen kam Nicolas zur Beerdigung. Und dann erfolgte der Mordanschlag auf ihn."

Satorius nahm das Foto, blickte sekundenlang auf die Schatten seiner Vergangenheit. „Nicolas und ich, wir sind beide davon überzeugt, dass jemand alle aus unserer Gruppe umbringen will."

„Dieser Slawistik-Professor… Ich kann mich an seinen Namen nicht mehr erinnern… Was ist mit dem?", fragte Paul.

„Martin Koitsch hat uns schon lange verlassen. Er", Satorius zögerte, „er ist bei einem unserer letzten Einsätze ums Leben gekommen."

„Hast du einen Verdacht, wer hinter den Anschlägen steckt?", fragte ich.

„Keine Ahnung. Es muss aber jemand in unserem

Alter sein. Jemand, der noch eine Rechnung mit uns offen hat, denn die Terrorregime von früher sind allesamt untergegangen, ihre Geheimdienste zerschlagen. All das, was ich euch erzähle, ist längst Vergangenheit und schon halb vergessen. Es war einmal - düstere Märchen aus einer dunklen Zeit."

Satorius' Glas war leer. Energisch goss er sich nach.

„Nein", sagte er, „da bin ich mir ganz sicher. Da steckt etwas Persönliches dahinter."

„Warum seid ihr ausgerechnet hierhergekommen?", wollte Paul wissen.

Satorius' Antwort kam prompt. „Ist doch mehr als logisch. Der Mörder sucht nach van Dyke und mir. Irgendwann wird er auftauchen und wir werden ihn gebührend empfangen. Und in dieser Umgebung", fügte er noch hinzu, „muss ich mir keine Sorgen machen, dass Lorenzo irgendwie in die Schusslinie gerät. Denn das könnte ich mir nie verzeihen."

Ich trank von meinem Wein, dann meinte ich: „Paul und ich werden euch unterstützen. Deswegen sind wir gekommen."

Paul blickte mich an, bevor er sich an Satorius wandte. „Ich verstehe durchaus, dass du Lorenzo schützen willst. Aber wäre es nicht wesentlich sinnvoller, zuhause zu bleiben, Lorenzo vielleicht in Sicherheit zu bringen und die Polizei einzuschalten?"

Satorius lachte unterdrückt auf. „Und was würde ich denen sagen? Dass vielleicht, möglicherweise, ein Unbekannter aus meiner Vergangenheit mir und Nicolas nach dem Leben trachtet? ...Und wie soll mich die Polizei schützen? ...Nein, das hat überhaupt keinen Sinn. Das müssen Nicolas und ich selbst in die Hand nehmen." Er machte eine ausholende Bewegung mit dem Weinglas. „Hier in dieser Einöde, da kennen wir uns aus. Und wenn der Killer sich uns zeigt, werden wir schon mit ihm fertig werden.“

48

Wir hatten Satorius ebenfalls schlafen geschickt. Sein Feldbett stand im Hinterzimmer des großen Wohnbereichs. Ursprünglich hatte es sich wohl um eine Art Vorratskammer gehandelt. Paul hatte ihm geholfen und kam jetzt zurück.

Ich saß am Tisch und nippte vom Wein.

Paul nahm neben mir Platz. „Der Prof war todmüde."

„Man sieht es ihm kaum an", sagte ich, „aber er ist eben auch nur ein Mensch."

Paul lächelte. „So ist es."

Ich wollte Paul nachschenken, doch er legte eine Hand über das Glas und winkte mit der anderen dankend ab.

„Bist du sicher, dass wir das Richtige tun?", fragte er mich.

„Der Prof ist in Gefahr", entgegnete ich. „Und wir halten zusammen."

Paul betrachtete mich leicht verunsichert. „Das

habe ich nicht gemeint. Findest du die Idee an sich gut? Hier draußen, abgeschnitten von der Welt, ganz alleine auf einen Mörder zu warten?“

Ich runzelte die Stirn. „Der Prof hat es sich reiflich überlegt. Und ich vertraue auf sein Urteil. Ich würde es auch nicht anders machen.“

„Ihr habt wahrscheinlich beide recht, was den Killer angeht. Aber ich glaube, hauptsächlich will der Prof Lorenzo schützen.“

Ich lächelte. „Er liebt ihn nun mal.“

„Liebe verändert alles“, sinnierte Paul.

Ich warf ihm einen langen, prüfenden Blick zu. Er lächelte, bevor er die Augen senkte. „Es ist nur, das, was ich hier tue, verstößt so ziemlich gegen alles, woran ich glaube.“

„Du meinst diese Sache mit der anderen Wange, die man hinhalten soll.“

„Hört sich doch überzeugend an.“

„Klar. Aber nur so lange, bis dir jemand tatsächlich Eine reinhaut. Du weißt doch inzwischen aus eigener Erfahrung, das ist nicht wirklich ein Bringer.“

Widerstrebend nickte Paul.

„Aber dennoch ist es schwierig für dich?“, hakte ich nach.

„Ganz im Gegenteil. Und das ist es, was mich eigentlich erschreckt. Ich habe das Gefühl, als würde ich mich immer mehr von dem entfernen, woran ich einmal fest geglaubt habe.“

Ich wusste nicht, was ich ihm darauf antworten sollte. Stattdessen meinte ich: „Oben sind noch leere Zimmer. Ich denke, du solltest dich jetzt auch ein wenig ausruhen.“

„Und du? Was ist mit dir?“

Ich zog meine Neun-Millimeter aus dem Holster

und legte sie griffbereit auf den Tisch. „Ihr schlaft und einer muss hier aufpassen."

„Du meinst, du willst Wache halten?"

Ich verzog den Mund zu einem leichten Grinsen. „Wenn du es so nennen willst."

Paul erhob sich, um sich zu strecken. „Hast du etwas dagegen, wenn ich bei dir bleibe?"

Wieder musste ich lächeln. „Nein. Wirklich nicht. In letzter Zeit habe ich mich richtig an dich gewöhnt."

„Na, dann sind wir schon zwei." Paul ging hinüber zur Wand und legte den Lichtschalter um. Milchige Dunkelheit strömte in das Zimmer.

Er kam zurück und setzte sich zu mir an den Tisch. Allmählich schälten sich die Konturen des Raumes aus der Nacht. Das Mondlicht schien zögerlich durch die bodenlangen Sprossenfenster. Wir konnten unzählige Schneekristalle erkennen, die draußen wie wild im Wind auf und ab tanzten.

Paul saß dicht neben mir. Sein Atem klang ruhig und gleichmäßig.

Wenn ich den Arm ausgestreckt hätte, hätte ich ihn berühren können.

49

Das Frühstück bestand aus Kaffee und Toast. Schweigend saßen wir um den Esstisch, und das Brot, auf dem ich herumkaute, schmeckte nach Pappe. Van Dyke und Satorius wirkten relativ frisch und ausgeruht. Paul sah übernächtigt aus und auch ich hatte Mühe, ein Gähnen zu unterdrücken. Gegen Morgen waren wir abwechselnd einmal eingenickt, aber nur für jeweils wenige Minuten. Ich hatte meinen Kopf auf Pauls Schulter gelegt und es kam mir vor, als hätte ich sogar geträumt.

Eine kraftlose Sonne erschien am Himmel, ihre müden Strahlen verbreiteten ein diffuses Licht. Das Feuer im Ofen war nahezu erloschen, lediglich ein Rest von Glut glimmte auf, wenn ein Windstoß den Kamin hinunterblies.

„Wir sollten lüften, bevor wir wieder anschüren“, sagte ich.

Satorius musterte mich nachdenklich und nickte dann. Er hatte sich rasiert, gekämmt und frisch angezogen. Ruhig und besonnen, wie immer

Van Dyke begann, mit seiner gesunden Hand unser Geschirr einzusammeln. „Meiner Meinung nach wird es heute noch viel Schnee geben und die Ruhe vor dem Sturm sollten wir nutzen."

Paul stand auf, um die bodentiefen Panoramatüren zu öffnen. Vom Haus ab dehnte sich eine breite, vielleicht zehn Meter tiefe Holzterrasse aus. Sie endete direkt vor einem zugefrorenen Teich, an dessen Rändern eisverkrustetes Schilf wuchs.

Ich trat hinaus auf das Plateau und atmete genussvoll die klare Winterluft ein, während sich Paul einen Zigarillo anzündete. Satorius gesellte sich zu uns. Er wies auf die schroffe Anhöhe, die sich keine zweihundert Meter entfernt erhob. „Der Wald gehört zum Grundstück. Früher, als ich noch laufen konnte, bin ich gerne dort oben spazieren gegangen."

„Ideales Fleckchen", kommentierte Paul und blies blaue Dunstschwaden in die Kälte.

„Wenn man die Einsamkeit mag…", pflichtete ihm Satorius bei. „Der Mühlteich", er wies auf das zugefrorene Gewässer, „ist sogar recht tief. Im Sommer kann man hier herrlich schwimmen."

Ich machte Anstalten, mir die Eisfläche näher anzuschauen, aber Satorius Stimme hielt mich zurück. „Da würde ich jetzt nicht unbedingt drauftreten. Der Teich hat eine Unterströmung vom Mühlbach, ich glaube kaum, dass das Eis einen Menschen tragen kann."

Ich wandte mich nach links und konnte das ganze Tal hinuntersehen. Es endete in einer Erhebung, ebenfalls dicht von dunklen Tannen bestanden. Als ich mich umdrehte, erblickte ich oben an der Straße meinen Golf mit einer zentimeterdicken Schneeschicht. Paul würde ganz schön ins Schwitzen kommen, wenn er das wieder abkehren musste. Ich grinste unwillkürlich.

„Van Dyke hat recht gehabt", bemerkte Paul, während er seinen Zigarillo fallen ließ und sorgfältig auf dem Holz austrat.

Ich legte meinen Kopf in den Nacken. Feine, zarte Schneeflocken schmolzen auf meinem Gesicht.

„Das wird noch heftiger." Satorius deutete auf eine dunkelgraue Wolke, die sich scheinbar mühelos vor die Sonne schob. Sogleich wurde es merklich kühler und düsterer.

Wir kehrten ins Haus zurück. Sorgfältig schloss ich die Terrassentüren und Paul half van Dyke dabei, frisches Holz in den Ofen zu legen. Sie benutzten die letzten Scheite. Paul wollte schon nach draußen in den Schuppen gehen, um Nachschub zu besorgen, aber der Schneefall war urplötzlich so dicht geworden, dass man keine drei Schritt weit sehen konnte.

„Das tue ich mir jetzt nicht an. Ich gehe später", meinte er.

„Hoffentlich wird es dann nicht noch schlimmer", neckte ich ihn.

„Dann musst du gehen", konterte er.

Ich schnappte mir Pauls Smartphone, um ein wenig zu surfen, doch wir hatten keinen Empfang. Eine halbe Stunde lang vergnügte ich mich mit einem stupiden Handy-Spiel, aber dann wurde mir auch das zu langweilig. Schließlich versuchte ich, Julia oder Lorenzo anzurufen, aber ich bekam kein Freizeichen.

„Wir haben auch an guten Tagen eine ganz schlechte Verbindung", bemerkte Satorius, der mich beobachtet hatte. „Und bei diesem Wetter…" Er warf mir ein entschuldigendes Lächeln zu und konzentrierte sich wieder auf das kleine Taschenschachspiel, das van Dyke und er kurz nach dem Lüften begonnen hatten.

Paul hatte anfangs versucht, in einer Art schwarzer Bibel zu lesen, hatte sich aber inzwischen in seinem Stuhl zurückgelehnt und seine ruhigen Atemzüge verrieten mir, dass er schlief.

Ich hatte mich schon lange nicht mehr so gelangweilt. Gleichzeitig zerrte das Warten an meinen Nerven. Für einen Moment überlegte ich mir sogar, zu putzen.

Unvermittelt wurde das Licht im Raum heller. Und als ich nach draußen blickte, hatte der Schneefall aufgehört. Ein Stück blauer Himmel, gerade groß genug, dass die Sonne hindurchlugen konnte, erschien in den tiefhängenden, grauen Wolken.

Ich stand auf, dehnte mich und ging ans Fenster. Unsere Fußspuren auf der Terrasse waren mittlerweile zugeschneit. Mein Golf hatte jetzt eine derartig dicke weiße Mütze, dass er nahezu vollständig darunter verschwunden war - und dahinter stand ein zweiter, metallicfarbener Wagen, nur mit einem Hauch von einer Schneeschicht bedeckt.

„Wir haben Besuch“, entfuhr es mir, und ich riss damit alle aus ihrer Lethargie.

Paul hüstelte verhalten, gab sich den Anschein, als wäre er die ganze Zeit wach gewesen, und kam nicht gerade elegant auf die Beine. Er trat neben mich, blinzelte und blickte in die Richtung, in die ich wies.

„Das ist doch der Wagen von unserer Journalistin. Frau Agulescu“, sagte er.

Im gleichen Moment klopfte es.

Meine Rechte fuhr hinter meinen Rücken und ergriff meine Neun-Millimeter. Van Dyke blickte alarmiert auf und Satorius stellte die Figur, die er gerade in der Hand gehabt hatte, nach kurzer Überlegung in eine Position, bevor er sich in seinem Rollstuhl zurücklehnte. Van Dyke stützte sich auf den Tisch, kam hoch, und wie durch Zauberei erschien eine große Automatik in seiner gesunden Hand - die Sorte, mit der man eine Wand in Stücke legen kann. Er sah zu Paul und nickte leicht.

Paul ging zur Tür, platzierte sich seitlich, um nicht ins Schussfeld zu geraten, und öffnete ruckartig.

Frau Agulescu stand im Eingang. Groß, blass, in einen dicken Wintermantel gehüllt. Sie sagte nichts, stolperte unbeholfen ein paar Schritte und fiel mit einem dumpfen Krachen zu Boden. Ihr Kragen rutschte nach hinten und legte eine blutige Wunde frei, die eine Drahtschlinge an ihrem Hals hinterlassen hatte.

50

Für einen Moment rührte sich niemand. Dann schmiss Paul die Tür mit einem Scheppern zu.

Van Dyke hielt seine Waffe mit beiden Händen und zielte auf den Oberkörper der Journalistin.

Ich ging zu ihr, bückte mich und hob behutsam ihren Kopf an.

Sie schlug die Augen auf.

„Was war los?", fragte ich.

„Auf dem Weg", stammelte sie und bewegte ihre Hand, als wollte sie irgendwohin deuten. „Auf dem Weg… Ich habe jemanden hinter mir gehört. Und dann war da dieses schreckliche Brennen an meinem Hals. Ich habe getreten… Nach hinten. Ich habe versucht, um Hilfe zu rufen. Aber ich konnte nicht… Dann habe ich mich freigerissen."

„Was wollten Sie denn hier überhaupt?", fragte Paul besorgt. Er hatte sich neben sie niedergekauert.

„Der Entwurf", stotterte sie. „Ich wollte Ihnen meinen Entwurf zeigen. Ich bin heute zu Herrn Professor Satorius gefahren, weil ich dachte, Sie dort anzutreffen. Morgen habe ich Abgabetermin. Und ich habe doch versprochen…“ Sie würgte, hustete. Langsam kam wieder Farbe in ihr Gesicht. „Herr Falcone hat versucht, Sie anzurufen, aber er bekam keine Verbindung. Und nachdem er mir erklärte, dass Sie sich höchstwahrscheinlich im Ferienhaus aufhalten und dass das nur knapp zwei Stunden entfernt liegt, habe ich mich kurzentschlossen hierher aufgemacht.“

„Herr Falcone hat Ihnen die Adresse gegeben? Einfach so?“, fragte Satorius ungläubig.

Frau Agulescu hatte sich mittlerweile aufgerichtet, um vorsichtig die Wunde an ihrem Hals zu betasten. „Er war überaus freundlich. Wenn ich auch vermute, dass er…“, sie zögerte, den Satz zu Ende zu sprechen.

„Sie meinen, er war betrunken?“, fragte ich.

Frau Agulescu sah zu Boden. „Ja. Leider hatte ich diesen Eindruck. Aber er war wirklich sehr charmant.“

Van Dyke senkte seine Waffe. „Das hilft uns jetzt nicht weiter.“

„Was hast du vor?“, fragte Satorius.

„Das, was du auch tun würdest, wenn du nicht an diesen verfluchten Rollstuhl gefesselt wärst.“ Er drehte sich um und legte seine freie Hand auf den Türgriff.

„Du willst dir den Killer holen“, sagte Satorius.

„Ich verbringe nicht den Rest meines Lebens in dieser Hütte, weil so ein gottverdammter Psychopath beschlossen hat, mich umzubringen. Ich gehe hinaus und beende das. Ein für allemal.“

Ich vergewisserte mich, dass Frau Agulescu ohne Hilfe sitzen konnte, tätschelte ihren Unterarm und erhob mich. „Ich denke, zu zweit haben wir bessere Chancen“, sagte ich, während ich meinen Anorak holte und überzog.

Paul trat ebenfalls an die Garderobe.

„Was willst du denn da draußen?“, fragte ich.

Paul lächelte. „Hast du vergessen? Wo du hingehst, gehe ich auch hin. Wir sind Partner.“

„Versprecht mir, vorsichtig zu sein“, ermahnte uns Satorius. „Ich kümmere mich in der Zwischenzeit um Frau Agulescus Verletzung.“

„Wir schließen die Tür ab“, sagte van Dyke. „Und ich habe den Schlüssel. Du wirst also niemandem öffnen.“

Satorius nickte. „In Ordnung. Und wie gesagt, seid auf der Hut.“

Ich hatte meine Neun-Millimeter in der Hand, drückte die Sicherung nach unten und trat direkt hinter van Dyke ins Freie. Die Sonne stach ungehindert hernieder. Ihre Strahlen reflektierten sich auf dem frisch gefallenen Weiß und brannten in meinen Augen.

Der Weg vor uns verlassen und leer. Die Tür des Schuppens halb offen, darin Satorius‘ Auto vor einer meterhohen Wand aus gestapeltem Brennholz.

Wir folgten den Fußabdrücken von Frau Agulescu. Sie führten uns hinauf zur Straße. Wind setzte ein, pudriger Schnee stob empor und begann, ihre Fährte zu verdecken.

„Wo ist sie entlang gelaufen?“, fragte ich.

Van Dyke kniff die Augen zusammen und deutete zum Auto der Journalistin. „Sie kam von da oben. Vielleicht ging sie nicht schnurgerade.“

Wir suchten den Waldrand ab und fanden die Abdrücke von Schuhen. Daneben dunkelbraune, kleine

Flecken. Blut.

„Hier ist sie angegriffen worden“, sagte van Dyke.

Ich bückte mich nieder, betrachtete die Stelle genauer. „Das ist seltsam“, meinte ich. „Ich kann eindeutig Frau Agulescus Spuren identifizieren. Aber die des Angreifers kann ich nicht finden.“

„Das gibt es doch nicht“, sagte Paul. „Der Mörder muss doch irgendetwas hinterlassen haben.“

„Es sei denn…“, begann van Dyke.

Ich blickte zu ihm empor. Seine kalten Augen waren vor Überraschung geweitet. „…Sie hat sich die Verletzungen selbst zugefügt“, beendete ich seinen Satz.

„Warum sollte sie das tun?“, fragte Paul.

In diesem Moment fiel ein Schuss. Er kam aus der Mühle.

51

Ich rannte den Weg zur Mühle zurück. Paul und van Dyke folgten mir dicht auf den Fersen. Am Eingang angelangt, rüttelte ich am Türgriff. Verschlossen.

Van Dyke drängte mich zur Seite, steckte den Schlüssel ins Schloss, und sperrte auf.

Der beißende Geruch von abgefeuerter Munition schlug mir entgegen. In der Mitte des Raums lag Frau Agulescu. Auf der linken Seite ihres Oberkörpers klaffte eine hässliche Schusswunde. Sie bewegte sich noch, ihre Beine zuckten und ihr Atem ging rasselnd.

Ich fixierte sie über die Visierung meiner Neun-Millimeter, beobachtete, wie ihre Augen brachen und ihre Bewegungen abrupt endeten. Neben ihrer Hand erkannte ich eine Drahtschlinge mit zwei Holzklötzen.

Mein Blick fiel auf Satorius. Er schien unverletzt. In seiner Rechten hielt er eine alte Walther Pistole. Mit abgesägtem Lauf. Ich hatte diese Art von Waffe ein einziges Mal zuvor gesehen. Vor Jahren, im Rahmen meiner Ausbildung zur Polizeibeamtin. Das Ding hatte sicher schon über ein halbes Jahrhundert auf dem Buckel.

„Alles in Ordnung?“, fragte ich und ich wusste in diesem Moment selbst, wie lächerlich unpassend das klang.

Paul hatte sich neben die Journalistin gekniet und fühlte ihren Puls.

„Ist dir etwas passiert, Prof?“, fragte ich nochmals.

„Nicht wirklich“, antwortete er.

Van Dyke ging um die Leiche herum. Während er sie eingehend betrachtete, verstaute er seine große Automatik im seitlichen Hosenbund. „*Die* war der Killer? Eine nette, engagierte Journalistin? Sie hatte doch keinerlei Grund, irgendeinen Groll gegen uns zu hegen.“

Satorius legte die Walther auf seinem Schoß ab und fuhr sich geistesabwesend mit der Hand über das Gesicht. „Im Gegenteil. Sie hatte jeden Grund, sich an uns zu rächen.“

Van Dyke sah ihn nur verständnislos an.

„Erinnere dich an Martin Koitsch“, forderte ihn Satorius auf.

„Was hat Martin mit der Sache zu tun?“

„Kurz bevor ich sie erschießen musste, …als sie mit der Drahtschlinge auf mich los ging, hat sie es mir verraten. Sie war seine Tochter.“

Mit einer überaus sanften Geste schloss Paul die Augen der Toten, machte mit dem Daumen ein Kreuzzeichen auf ihre Stirn, bevor er sich langsam aufrichtete. „Aber wieso wollte sie euch dann umbringen? Ich dachte, Koitsch war einer eurer besten Freunde?“

Van Dyke betrachtete Paul distanziert. Dann

wandte er sich an Satorius. „Den Teil unserer Geschichte hast du ihnen also nicht erzählt, Friedrich."

52

So unvermittelt, wie der Schneefall aufgehört hatte, setzte er wieder ein und gewann innerhalb weniger Minuten an Kraft. Er entwickelte sich zu einem regelrechten Sturm. Der Wind rüttelte an den Fenstern und heulte im Kamin. Schlagartig wurde es dunkel.

Wir schalteten das Licht an. Beinahe vergeblich kämpfte es gegen die zunehmende Schwärze, die von außen hereindrängte.

Mehrmals versuchte ich ohne Erfolg, mit Pauls Smartphone zu telefonieren. Ich erhielt kein Freizeichen. Wir waren noch immer abgeschnitten.

Paul und van Dyke wickelten Frau Agulescus Leiche in eine Decke und schafften sie hinüber in die Kammer, in der Satorius genächtigt hatte. Dann kamen sie zurück und wir setzten uns gemeinsam um den großen Tisch.

„Hast du Ralf erreicht?", fragte mich Paul.

Ich schüttelte den Kopf.

„Solange dieser Sturm anhält, hast du keine

Chance", bemerkte Satorius.

„Dann nutzen wir doch die Zeit", sagte Paul, „und du erzählst uns, was es mit Frau Agulescu und deinem Kollegen Martin Koitsch auf sich hat."

Satorius, der angefangen hatte, seine in Einzelteile zerlegte Pistole zu reinigen, hielt mit gesenktem Kopf inne. Er legte den Lauf auf den Tisch, seufzte und blickte zuerst Paul und dann mich an. „Das ist doch das passende Szenario. Ein schreckliches Unwetter, eine einsame Berghütte, eine Leiche und ein alter Mann, der von den Verfehlungen seines Lebens erzählt."

„Friedrich hatte schon immer einen Hang zum Melodramatischen", meldete sich van Dyke spöttisch zu Wort.

„Ich denke, wir haben ein Recht darauf, die Wahrheit zu erfahren", sagte ich.

„Das habt ihr in der Tat." Satorius lehnte sich in seinem Rollstuhl zurück, schloss kurz die Augen – ganz, als wollte er eine Erinnerung zurückrufen, die tief in ihm verborgen lag.

„In den siebziger Jahren", fing er an, „gingen insbesondere den Machthabern in Rumänien allmählich die Finanzen aus. Sie sahen sich gezwungen, neue Geldquellen zu erschließen. Da sie über hervorragende Wissenschaftler verfügten, beschlossen sie, Waffentechnik zu verkaufen. Für chemische Kampfstoffe konnte man horrende Summen verlangen. Es gab mehrere potentielle Abnehmer. Aber insbesondere Gaddafi war bereit, jeden Preis zu bezahlen, um dieses Teufelszeug in seine Finger zu bekommen." Satorius legte eine Pause ein und wir hörten eine Weile dem Wind zu.

„Unser Auftrag war klar. Wir sollten den leitenden

Wissenschaftler dazu bringen, seine Unterlagen an uns herauszugeben und wir sollten ihn auch, wenn möglich, dazu überreden, mit uns in den Westen zu fliehen. Die Produktionsanlage selbst musste zerstört werden… Anfänglich zeigte sich der Wissenschaftler unserem Angebot gegenüber durchaus nicht abgeneigt. Dann forderte er immer mehr, und zum Schluss weigerte er sich rundheraus, mit uns zu kooperieren." Als Satorius diesmal innehielt, hatte ich den Eindruck, er würde nicht mehr weitererzählen.

„Ein letztes Mal", fuhr van Dyke an seiner Stelle fort, „trafen wir uns bei dem Wissenschaftler. Rüdiger Kolb, Martin Koitsch, Friedrich und ich. Wir boten ihm eine obszöne Summe. Aber er lehnte ab. Uns blieb keine andere Wahl, nicht wahr, Friedrich?"

„Nein", Satorius schüttelte den Kopf. „Wir lösten das Problem mit Gewalt, und um nicht aufzufallen, nahmen wir vier verschiedene Routen zu einem Flugplatz in der Nähe der Grenze. Dort stand eine kleine Maschine für uns bereit. Nicolas, Rüdiger und ich kamen nahezu gleichzeitig an. Aber von Martin fehlte jede Spur."

Van Dyke stand auf, um ein paar Schritte auf und ab zu gehen. „Wir warteten auf Martin, solange wir konnten. Der Pilot drängte uns ununterbrochen, endlich abfliegen zu dürfen. Die Schicht des Grenzpersonals, das geschmiert worden war, näherte sich dem Ende. Wir harrten bis zur letzten Sekunde aus. Und dann gaben wir den Befehl zum Start."

„Wir flogen ohne Martin", sagte Satorius. „Wir ließen ihn zurück, obwohl wir wussten, was ihm bevorstand."

„Und die Journalistin war ganz sicher seine Tochter?", fragte Paul.

„Wir haben gegenseitig nie in unserem Privatleben herumgeschnüffelt“, antwortete van Dyke. „Aber uns allen war bekannt, dass Martin eine Geliebte in Rumänien hatte. Frau Agulescu“, diesmal wies van Dyke mit einer fahrigen Bewegung in Richtung der kleinen Kammer, „ist ganz offensichtlich das Ergebnis dieser Liaison gewesen.“

„Wenn ich es genau betrachte“, fügte Satorius leise hinzu, „kann ich ihr nicht verdenken, dass sie uns gehasst hat.“

Van Dyke blieb stehen und sah sich unruhig im Raum um. Schließlich beugte er sich zum Ofen und legte prüfend seine Hand darauf. „Das Feuerholz ist aufgebraucht. Ich gehe rasch zum Schuppen und hole neues.“ Er richtete sich auf, nahm seinen Mantel vom Haken und schlüpfte hinein.

„Passen Sie auf, dass Ihnen nichts geschieht“, sagte ich. „Man kann seine Hand nicht vor Augen sehen.“

„Ein blöder Sturm wird mich schon nicht umbringen“, gab er mir zur Antwort. Er trat zum Eingang, öffnete und ein Schwall von weißen Flocken wehte augenblicklich herein. Hinter ihm fiel die Tür schwer ins Schloss.

Wir blieben zurück, in einem Raum voller Schuld und Leid.

53

Die Zeit lag wie ein bleiernes Tuch über uns. Ich hing meinen Gedanken nach, gab mir äußerlich den Anschein, vollkommen unbeteiligt zu sein und fühlte mich verletzlich und einsam.

Und mir war kalt.

Paul bemerkte, wie ich mir über die Oberarme strich. „Van Dyke braucht aber lange mit dem Holz."

„Nicolas wollte nur allein sein", entgegnete Satorius. „Er hasst es, wenn andere merken, dass er Gefühle hat. Wie ich ihn kenne, sitzt er im Schuppen und…", Satorius beendete seinen Satz nicht.

Paul seufzte. „In Ordnung. Wenn wir nicht umgehend Holz nachlegen, wird es hier ungemütlich… Und wer weiß,", fügte er hinzu, „vielleicht kann ich Herrn van Dyke auch ein wenig aufmuntern, wenn ich ihn treffe."

Er erhob sich und schlüpfte in seine Parka.

„Zieh deine Kapuze über", ermahnte ich ihn. „Der Sturm wird immer schlimmer."

Paul gehorchte mir mit einer Grimasse und bevor ich mich versah, hatte er uns verlassen.

„Du hast gar nichts gesagt“, meinte Satorius, als wir allein waren.

„Wozu?“, fragte ich.

„Zu dem Menschen, der ich früher einmal gewesen bin. Zu dem, was ich vor langer Zeit gemacht habe.“

Ich zwang mich, ihn direkt anzusehen und fühlte zum ersten Mal seitdem ich ihn kannte, dass er so etwas wie Angst hatte. Angst, dass ich mich von ihm abwenden könnte.

„Du hast getan, was du für richtig gehalten hast“, erklärte ich.

„Das war es nicht, was ich von dir wissen wollte.“

Ich dachte nach. „Nichts... Nichts hat sich zwischen uns geändert. Und soweit es mich angeht, wird das auch in Zukunft so sein.“

Es dauerte eine Zeitlang, bis sich um Satorius‘ Augen kleine, fast unmerkliche Lachfältchen bildeten. Er langte über den Tisch, ergriff meine Hand und drückte sie.

Ich hielt ihn mehrere Sekunden fest.

Ein Schatten tauchte vor dem großen Terrassenfenster auf. Paul, eingehüllt wie ein Eskimo, stand mit mehreren großen Holzscheiten auf den Armen davor. Jetzt balancierte er sich ein wenig aus, bevor er mit seinem Fuß gegen die Scheibe klopfte.

„Ich helfe Paul“, sagte ich, trat zur Glastür und öffnete sie.

Eiskalter Wind schlug mir entgegen. Die Schneeflocken brannten in meinen Augen und auf meinem Gesicht. Schützend hielt ich die Hand davor, drehte mich zur Seite, um Paul hereinzulassen.

Gerade als ich im Begriff war, die Terrassentür zuzudrücken, ertönte ein schweres Poltern. Die Holzscheite waren Paul aus der Hand geglitten und auf den Boden gekracht.

Ich erschrak, wollte sehen, was passiert war. Ein glühender Blitz durchzuckte mich, riss mir alle Kraft aus dem Körper. Ich fühlte mich wie eine Marionette, der man die Schnüre durchgeschnitten hatte. Ohne jede Gewalt über Arme und Beine stürzte ich auf die Dielen. Für einen Augenblick wollten mir die Augen nicht mehr gehorchen, die Umgebung verschwamm, dann wurden die Umrisse wieder klarer. Ich sah, wie Satorius verzweifelt versuchte, die Einzelteile seiner Walther zusammenzusetzen. Voller Entsetzen blickte er dabei auf Paul.

Der öffnete seinen Parka und schlug die Kapuze nach hinten. Halblanges Haar erschien. Dunkel, mit ein wenig Weiß.

Die Person drehte sich um und blickte mich an. Ich kannte sie. Ich hatte sie vor einer Stunde sterben sehen. Mit einer Schusswunde im Herzen.

Frau Agulescu war zurückgekehrt. In ihrer Hand hielt sie den Elektroschocker, mit dem sie mich außer Gefecht gesetzt hatte.

Ich war noch immer gelähmt, mein Körper ein einziger tauber Schmerz. Und während ich sie anstarrte, begriff ich: Frau Agulescu - einmal fröhlich, einmal zurückhaltend. Vollkommen unterschiedlich und doch gleich.

Zwei Kinder hatten sich auf die Jagd nach den vermeintlichen Mördern ihres Vaters begeben.

Zwillinge.

Sie kam zu mir, drehte mich unsanft auf den Bauch und ich fühlte, wie sie meinen Rücken abtastete. Sie fand meine Pistole, fetzte sie aus dem Holster.

Für einen Moment wusste ich nicht, was sie tat. Dann hörte ich den Schuss.

Satorius wurde wie von einem Vorschlaghammer an der Schulter getroffen, herumgewirbelt und aus seinem Rollstuhl geschleudert. Er schlitterte noch fast einen Meter über den Boden.

Die halb zusammengesetzte Walther entglitt seinen Händen. Sie segelte durch die Luft.

Er stöhnte vor Schmerz laut auf.

„Aaah“, sagte Frau Agulescu gedehnt. „Das ist kein schönes Gefühl, wenn es einmal einen selbst trifft. Nicht wahr?“

Sie ging zu ihm, richtete die Pistole auf seine Brust. „Endlich wirst du verfluchtes Schwein deine gerechte Strafe finden.“

„Sie irren sich“, brachte Satorius abgehackt heraus. „Martin war mein Freund. Ich hätte ihm nie etwas angetan.“

„Freund?“, stieß sie verächtlich hervor. „Du spielst den großen Professor, den Intellektuellen und Philanthropen. Und in Wirklichkeit bist du nichts anderes, als ein Mörder. Nicht genug, dass du mit deinen Handlangern den Wissenschaftler umgebracht hast, ihr habt meinen Vater feige zurückgelassen. Und jetzt hast du auch noch meine Schwester auf dem Gewissen. Dein Komplize, dieser van Dyke, hat es mir gestanden, bevor ich den Draht zugezogen habe.“

Satorius wälzte sich zur Seite. Er begann, davonzurobben. Die Wunde an seiner Schulter hinterließ eine rote Spur.

„Wo willst du denn so eilig hin?“ Sie ging um Satorius herum, blieb vor ihm stehen und bückte sich, um ihm in sein Haar zu greifen. Sie presste ihm die Mündung der Pistole an die Stirn.

„Wie gern würde ich jetzt den Abzug drücken. Aber…“, sie schüttelte den Kopf. „So einfach machen wir uns das nicht. Du hast meinen Vater im Gefängnis verrotten lassen. Hast gedacht, dir kommt keiner auf die Schliche und er selbst kann nichts mehr verraten.“

Frau Agulescu stockte und ein Lächeln schlich sich in ihr Gesicht. Kalt und grausam. „*Tote Seelen reden nicht*, sagt man. Aber mein Vater hatte einen starken Geist. Er war nur äußerlich gebrochen.“

Sie machte erneut eine Pause. Ihr Lächeln verschwand. „Nach Jahren, als er entlassen wurde, hat er meiner Mutter alles erzählt. Von dir und der Verbrecherbande, die du geleitet hast… Einige Monate später haben ihm Leute von der Securitate aufgelauert, um ihm mit einer Drahtschlinge die Kehle durchzuschneiden …Nicht weit von unserem Haus entfernt …Meine Schwester und ich, wir haben ihn gefunden, kurz bevor er verblutet ist.“

„Wir hatten keine Wahl“, keuchte Satorius. „Dein Vater wusste, welches Risiko er einging. Auch er gehörte zu der Verbrecherbande, wie du uns nennst.“ Er wand sich hin und her, in dem Versuch, sich von ihr zu befreien.

Mit schief geneigtem Kopf beobachtete sie ihn eine Weile. Dann öffnete sie die Hand, ließ ihn los und richtete sich auf. „Du bist nichts anderes als ein verkommener Lügner. Jahrzehntelang hast du dich mit der Fassade eines Ehrenmannes umgeben. Trotz all der schrecklichen Verbrechen, die du auf dem Gewissen hast. Aber mit deinem Leben werde ich auch das Lügengebäude zum Einsturz bringen, in dem du dich versteckt hast: Ich reiße dir die Maske vom Gesicht. Mein Vater hat in den letzten Wochen alles aufgeschrieben, was er über dich wusste."

Sie langte unter den Anorak und brachte ein abgegriffenes, in Leder eingebundenes Buch zutage. „Alle Missionen, alle Morde, jede dreckige Einzelheit, sind darin festgehalten. Die Welt wird erfahren, wer der große Professor Satorius in Wirklichkeit gewesen ist."

Satorius versuchte erneut, wegzukriechen. Der erste Schock seiner Verletzung war offensichtlich vorüber. Er stöhnte unterdrückt bei jeder Bewegung.

„Ja", zischte Agulescu. „streng dich nur an. Gib dein Bestes. Aber du wirst es nicht schaffen. Du wirst mir nicht entkommen. Niemand kann mich aufhalten. Weder Tod, noch Teufel, noch Gott… Apropos Gott: Schade um den Pfarrer. Ich habe ihn wirklich gemocht. Er hatte Prinzipien. Und er hat mich mit Kolb bekannt gemacht." Sie lachte kalt auf. „Übrigens ein harter Mann, dieser Kolb. Aber schließlich sagte er mir doch, was er wusste… Und Kupfer, den hatte ich mit dem Taser ruhiggestellt, aber der machte sich doch tatsächlich aus dem Staub. Glaubte, vor mir fliehen zu können. Meine Schwester hat sich um ihn gekümmert."

Agulescu kam zu mir und trat mir ohne jede Vorwarnung einmal, zweimal in die Seite. Ich hörte und spürte, wie meine Rippen knackten. „Du blondes Miststück mit deinem geilen Pfaffenfreund hättest doch beinahe alles herausgefunden! Da mussten wir dich etwas bremsen. Schade nur, dass ihr bei dem Unfall mit heiler Haut davongekommen seid. Auch die dämlichen Satanisten haben euch nicht umgebracht. Aber egal, dann mache ich das jetzt eben selbst." Sie trat mich wieder und wieder. „Du Schlampe! Schau zu, wie der alte Schwule verreckt. Dann weißt du, was auf dich zukommt!“

Atemlos vor Anstrengung hielt sie inne, sah dorthin, wo Satorius vorhin gewesen war.

Satorius war weg.

Er schleppte sich auf den Ellenbogen gerade durch die Balkontür. Die Spitzen seiner Schuhe quietschten, als er sie über das Holz zog.

„Hoppla! Da will einer abhauen!“, säuselte Agulescu mit amüsiert-spöttischem Ton. „Mal sehen, wie weit er kommt!“

In aller Ruhe machte sie ein paar Schritte.

Satorius merkte, dass sie näher kam. Die Bewegungen seiner Arme wurden hektisch. Er robbte immer schneller voran, krallte seine Finger in das Holz und hatte bereits die Terrasse erreicht.

Der Schneefall puderte ihn weiß. Er ließ nicht locker. Immer weiter kroch er voran.

„Du Krüppel wirst sterben.“ Agulescus Stimme klang nahezu melodisch.

Jetzt ließ sich Satorius schwer von der Terrasse auf die dahinterliegende Eisfläche gleiten. Einen Moment lang blieb er liegen, rollte hin und her und robbte verbissen weiter.

Ich wollte ihm helfen, versuchte mit aller Kraft, die Gewalt über meinen Körper zurückzugewinnen. Ich konnte mich nicht rühren.

Agulescu hatte den äußersten Rand der Terrasse erreicht. Sie drehte mir den Rücken zu. Ich erkannte nicht, was sie vorhatte. Aber offensichtlich genoss sie den Todeskampf ihres Opfers.

Der Sturm wurde heftiger. Für einen Augenblick verbargen die wütenden Schneeflocken das schreckliche Geschehen.

Der Wind ließ etwas nach und ich sah Satorius. Er lag inmitten des zugefrorenen Teiches. Agulescu kniete auf seinem Rücken, langte in ihre Tasche und holte die Drahtschlinge heraus.

„Aufgepasst Miststück!“, brüllte sie mir über das Toben des Windes hinweg zu. „Jetzt kannst du deinen eigenen Tod miterleben!“

Ich schrie vor Wut und Verzweiflung, versuchte mich aufzurichten, schaffte es in eine halbsitzende Position und fiel wieder um.

Agulescu legte den Draht um Satorius‘ Hals. Sie hielt kurz inne, spürte in den Augenblick hinein.

Und ich konnte nicht helfen. Satorius würde sterben.

Jetzt begann er, mit seinem unverwundeten Arm um sich zu schlagen. Die Todesangst hatte ihn offensichtlich übermannt.

Ich wollte die Augen schließen, um nicht miterleben zu müssen, wie er starb. Doch ich konnte nicht wegsehen. Dumpf dröhnten seine verzweifelten Schläge bis zu mir.

Agulescu jauchzte vor Vergnügen. Sie lachte und johlte, als ob sie ihn anfeuern wollte.

Und dann begriff ich.

Ich wusste, was Satorius vorhatte.

Seine Schläge wurden immer härter, immer heftiger. Plötzlich ertönte ein Knacken. Es hörte sich an, als würde ein Stück Holz in der Mitte entzwei brechen. Das Knacken setzte sich fort. Langgezogen und bösartig.

Agulescu verstummte. Ihr Kopf schnellte von links nach rechts. Mit einem Mal tat sich der Boden unter Satorius und Agulescu auf. Das Eis brach endgültig. Beide fielen in ein schwarzes, gähnendes Loch aus tödlichem, eisigem Wasser.

Nur der Wind und der Schnee blieben zurück.

54

Wie erstarrt blickte ich auf den Fleck, auf dem soeben noch zwei Menschen gewesen waren.

Leere. Schnee. Wind.

Ein Kopf mit klitschnassen Haaren tauchte auf. Ein Mund öffnete sich und ein unmenschlicher Schrei gellte durch das Dunkel.

Agulescu. Sie brüllte sich die Seele aus dem Leib. Sie zappelte, ihre Arme erschienen, wühlten wie wahnsinnig im Wasser. Dann krallte sie sich an eine Eisscholle und bekam das äußerste Ende der Terrasse zu fassen.

Urplötzlich erschien ein großer, schlanker Mann vor dem Panoramafenster. Er trug einen schwarzen Anzug und taumelte mehr, als dass er lief.

Paul.

Agulescu sah ihn auch. Ihre Schreie wurden höher und ich konnte „Hilfe" und „Pater" vernehmen.

Paul blieb vor Agulescu stehen. Er richtete sich auf und sprang kopfüber neben ihr in das schwarze Wasserloch.

Agulescu verstummte. Der Wind begann wie rasend zu toben. Das Schneetreiben wurde dichter, dass ich fast nichts mehr erkennen konnte. Ich krümmte mich zusammen, biss mir meine Lippen blutig und zwang mich in eine sitzende Position. Mühsam kam ich hoch.

Diesmal blieb ich stehen. Schritt für Schritt wankte ich vorwärts. Dumpfe Panik erfüllte mich, dass ich das Gleichgewicht verlieren könnte. Dann ließ ich die Tür ins Freie hinter mir.

Agulescu hatte es fast auf die Terrasse geschafft. Sie ließ nicht locker. „Hilf mir!", schrie sie. „Ich erfriere!"

Ich verschwendete keinen Blick an sie. Meine Augen blieben auf die gähnende Lücke im Eis geheftet. Mein Herz trommelte in meinen Ohren. Ein rasender Schmerz verdrängte jeden Gedanken aus meinem Kopf. Nur ein Wort blieb übrig und wiederholte sich mit jedem meiner Herzschläge: Paul.

Ich konnte ihm nicht helfen. Er hatte den Tod gewählt.

Eine Silhouette erschien. Prustend kämpfte sich Paul nach oben. Er streckte einen Arm aus.

Ich sprang vor, in dem Versuch, ihn zu fassen. Aber er war zu weit weg. Ich schluchzte, wäre beinahe gefallen.

Paul schnellte ruckartig nach vorne. Und diesmal erwischte ich seine Hand, hielt sie mit aller Kraft, die in mir war, und ließ mich einfach nach hinten fallen. Mein Gewicht zog ihn mit. Ich schlug die Absätze in das Holz, stieß mich ab und zentimeterweise hievte ich Paul heraus.

Es gelang ihm, ein Bein auf die Terrasse zu

schwingen. Und mit einem Mal war er draußen.

Er hielt noch etwas fest.

Ich blickte über seine Schulter und sah, dass er Satorius' am Hemdkragen gepackt hatte. Dessen Augen waren halb geöffnet, sein Gesicht so weiß, wie der Schnee, der uns umgab.

Agulescus Rufe setzten wieder ein, aber mit anderer Qualität. Blanke Raserei sprach aus ihnen. Sie hatte den Griff ihrer Rechten gelöst und versuchte, mit dem freien Arm nach Paul und Satorius zu schlagen. Ihre Hiebe trafen das schmutzig-braune Wasser. Eisige Tropfen klatschten mir ins Gesicht.

Paul war jetzt neben mir und gemeinsam gelang es uns, den leblosen Körper von Satorius zu uns auf das Holz zu heben. Rückwärts gehend schleiften wir ihn durch die offene Tür ins Haus.

Die gellenden Schreie Agulescus begleiteten uns. Der dichte Schneefall drängte sich weiter durch die Öffnung in den Raum. Ich musste mich regelrecht gegen die Tür stemmen, um sie zu schließen. Dabei blickte ich nach draußen. Frau Agulescus Gesicht war unter der Wasseroberfläche verschwunden. Jetzt löste sich ihre Hand, ihre Finger reckten sich anklagend in die Höhe, dann blieb nur noch das Eis und das dunkle, bodenlose Loch.

Paul kauerte bei Satorius, drückte ihm rhythmisch auf den Brustkorb und versuchte, dessen Herz wieder zum Schlagen zu bringen. Ich kniete mich neben Satorius' Kopf und presste meinen Mund auf seine eiskalten Lippen. Mein Atem kam stoßweise, ich gab ihm alles, was ich hatte.

Zeit verstrich. Verbissen arbeiteten wir weiter.

Ich dachte schon, wir hätten ihn verloren. Doch plötzlich krümmte er sich und hustete. Stöhnend rollte er sich auf die Seite und erbrach eine Lache dunkler Flüssigkeit. Er keuchte, schlug seine Augen auf.

„Warum bin ich nicht tot?“, stieß er hervor.

„Paul ist dir nachgesprungen und hat dich an Land gezogen“, erklärte ich.

Satorius‘ Gesicht verzog sich vor Schmerzen. „Dieser Narr.“ Dann fragte er: „Und Agulescu?“

Ich strich Satorius behutsam die nassen Haare aus der Stirn, bevor ich antwortete: „Jetzt sind sie beide weg.“

55

Das Holz im Ofen knisterte wie wild und spuckte Harzfunken. Das schwarze Gusseisen war inzwischen so heiß, dass es im Raum verbrannt roch.

Satorius und Paul saßen in Decken gehüllt keinen halben Meter entfernt und zitterten immer noch. Ihre Zähne klapperten, aber ihre Gesichter hatten die bläuliche Farbe nahezu verloren.

„Ich habe Lorenzo verständigt, dass es uns gut geht. Er hat zuerst geschimpft wie ein Rohrspatz, aber er war sehr erleichtert und lässt euch herzlich grüßen“, begann ich, während ich mein Handy triumphierend in die Höhe hielt. „Danach habe ich Ralf erreicht. Die hiesige Polizei wird bald hier sein und er selbst ist auch schon unterwegs. “

„Klingt super“, meinte Paul.

„Die Polizei, dein Freund und Helfer“, murmelte Satorius.

„Die werden mit dem, was sie vorfinden, eine Zeitlang beschäftigt sein“, sagte ich.

„Was ist mit Nicolas?“, fragte Satorius leise.

Ich schüttelte den Kopf.

Satorius blickte zu Boden und atmete gepresst aus.

Paul langte zu der Tasse Kaffee mit Schnaps, die neben ihm stand. Er versuchte, sie hochzuheben, allein seine Finger hatten keine Kraft und er ließ sie zurücksinken. „Ich bin ja so ein Schwächling“, zischte er wütend.

Ich trat neben ihn, packte den dampfenden Becher und führte ihn an seine Lippen. Paul trank vorsichtig.

Ich strich ihm über die Wange. „Ja. Du bist ein richtiger Schwächling. Agulescu hat dich auch mit dem Taser malträtiert – genau wie mich. Aber du warst wesentlich schneller wieder fit.“

Paul griff nach meiner Hand und hielt sie an sein Gesicht gedrückt. „Nur ein paar Minuten eher.“

„Aber die waren ausschlaggebend. Sonst hättest du unseren Prof nicht retten können.“

Satorius, der uns beobachtet hatte, lächelte anerkennend, dann wurde sein Ausdruck stumpf und leer. Er hatte etwas erblickt, das auf dem Boden lag.

Paul sah ebenfalls in die Richtung. „Was ist denn das?“

„Das?“, meinte ich. Ich ging hinüber, bückte mich und hob das in Leder gebundene Tagebuch von Martin Koitsch hoch, das seine Tochter hatte fallen lassen, als sie im Begriff gewesen war, Satorius zu töten. Nachdenklich wog ich es in meiner Hand. Es fühlte sich abgegriffen an. Schmutzig.

Ich blickte auf und begegnete Satorius‘ Augen. Stumm hielten sie mich fest.

„Sagt mir jetzt einer, was das ist?“, forderte Paul.

Anstatt zu antworten, holte ich mir den Ofenhandschuh und zog ihn über. „Das ist der reinste

Müll“, sagte ich zu Paul, öffnete die Feuertür und warf das Buch in die lodernden Flammen. „Aber er brennt gut.“

Bonusmaterial

Wo die toten Kinder leben -
Der erste Fall für Steinbach und Wagner

Klappentext

Eine junge Frau nimmt sich das Leben. Sie entscheidet sich für einen äußerst qualvollen Tod, der eine okkulte Handschrift trägt. Was trieb sie zu dem grauenvollen Suizid? Welches Motiv steckt dahinter?
Paul Wagner, ein junger Priester, und die Privatermittlerin und Ex-Polizistin Anne Steinbach werden beauftragt, dem rätselhaften Fall gemeinsam auf den Grund zu gehen.
Kaum dass das ungleiche Duo die Untersuchungen aufnimmt, überschlagen sich die Ereignisse. Paul und Anne kommen mehreren Verbrechen auf die Spur, deren Wur-

zeln teilweise bis weit in die Vergangenheit hineinreichen. Jetzt sind die beiden Ermittler die Gejagten und befinden sich in akuter Lebensgefahr. Und ihre Verfolger schrecken vor nichts zurück. Zu viel steht auf dem Spiel.

Leseprobe

Prolog

Die junge Frau saß auf einer einsamen Lichtung. Es war ein herrlicher Sommertag, die warme Luft duftete nach frischem Gras. Bis auf das Summen von Bienen, die auf der Blumenwiese ihrer Arbeit nachgingen, und einem gelegentlichen Vogelruf aus dem angrenzenden Wald, herrschte absolute Ruhe.

Die junge Frau hatte langes Haar, ein hübsch geschnittenes Gesicht und blaue Augen. Ein Lächeln lag um ihre Lippen, als sie aufstand und sich reckte. Mit der linken Hand strich sie sich ihren weißen Kittel glatt, der ihr bis knapp unter das Knie reichte. Ihr Blick schweifte zufrieden über die Dinge, die sie mitgebracht hatte.

Alles war vorbereitet.

Sie hob ihre Rechte, in der sie eine Schere hielt, nahm eine ihrer Haarsträhnen und betrachtete sie gleichsam nachdenklich. Dann begann sie mit dem Schneiden. Ihre Schnitte fielen krumm und hastig aus. Die Schere machte ein trockenes metallenes Geräusch, als sie das Haar durchtrennte. In der Stille klang es endgültig.

Bald umgab die bloßen Füße der Frau ein Haufen brauner Locken. Das ihr verbliebene Haupthaar bestand jetzt aus unregelmäßig kurzen Zacken. Teilweise konnte man die Kopfhaut sehen.

Die Frau atmete tief durch und ging zu einem Stück Holz hinüber, das am Boden lag. Sie nahm es auf, schloss für einen Augenblick bedächtig die Lider, bevor sie den Gegenstand genauer betrachtete. Mehrere lange Nägel, rostig und alt, waren durch das Brett getrieben und ragten beinahe bösartig grinsend heraus.

Behutsam, um sich nicht zu verletzten, prüfte die Frau die gefeilten Spitzen mit ihrem Zeigefinger. Dann legte sie ihre linke Handfläche auf das Nagelbrett und presste beide Arme so fest sie konnte zusammen. Die Nägel bohrten sich tief in ihr Fleisch, drangen durch die Innenfläche hindurch, um blutverschmiert auf ihrem linken Handrücken wieder auszutreten.

Kein Laut kam von den Lippen der Frau.

Sie hob ihren Arm und blickte beinahe teilnahmslos auf die Wunden und das Blut, das aus ihnen tropfte. Längere Zeit verharrte sie in dieser Position, bevor sie das Brett langsam herauszog. Es gab ein saugendes Geräusch, als sich die Nägel von ihrem Fleisch lösten.

Auch jetzt blieb die Frau stumm.

Schräg gegenüber wuchsen zwei Birken eng nebeneinander. Nur ein kleiner Spalt hatte sich zwischen ihnen aufgetan. Die Frau richtete ihre Aufmerksamkeit auf die beiden Baumstämme. Sie schritt auf sie zu und blieb direkt vor ihnen stehen, den Kopf zur Seite geneigt. Dann steckte sie ihren unverletzten rechten Arm in die Öffnung, wartete eine Weile und vollführte schließlich einen heftigen Ruck. Es knackte hölzern, als ihr Arm brach.

Wieder gab die Frau keinen Laut von sich.

Stattdessen befreite sie ihren Arm vorsichtig aus der Nische. Mit klinischer Neugier studierte sie den Bruch. Die Wucht ihrer Bewegung hatte die Knochen splittern lassen, einzelne Teile stachen aus der Haut. Auch diese Wunde blutete.

Die Frau senkte ihren Arm. Jetzt kam der schwierige Teil.

Sie wandte sich einem Stapel Holz zu, den sie aufgeschichtet hatte. Zahlreiche große Scheite hatte sie zusammengetragen. Der Haufen war fast einen Meter hoch.

Mühsam kletterte sie hinauf, bemüht, ihr Gleichgewicht zu halten. Dennoch strauchelte sie zweimal und fiel auf ihre verletzten Arme, mit denen sie sich reflexartig abzustützen versuchte.

Aber auch diesmal blieb sie still.

Oben angelangt, setzte sie sich. Zufrieden seufzte sie auf.

Neben ihrem rechten Fuß lag ein automatisches Feuerzeug, wie man es zum Anzünden von Kaminen nutzt. Sie bewegte ihr Bein stückweise, bis sich ihr großer Zeh über dem Auslöser befand. Ihre Augen schweiften über die Lichtung, bis hin zu dem Benzinkanister, mit dessen Inhalt sie das Holz getränkt hatte. Er stand leer bei ihren anderen Sachen: bei der Kleidung, mit der sie gekommen war, ihren Schuhen und Ausweispapieren.

Sie schloss die Augen und konzentrierte sich. Dann presste sie den Knopf des Anzünders nach unten. Eine kleine Flamme erschien, und schlagartig, mit einem dunklen Wummern, entzündete sich das Benzin. Prasselnd schossen die Flammen empor. Sie verbrannten zuerst das weiße Sackleinen, in das sie sich gehüllt hatte, verschmorten den Rest ihrer Haare mit einem wütenden Knistern und Zischen, und griffen schließlich auf ihren gesamten Körper über.

Es dauerte lange, bis sie sich erlaubte, zu schreien.

Ihr Wehklagen hatte nichts Menschliches und erfüllte die vormals friedliche Lichtung mit Verderben und Tod.

1

Der Termin war für elf Uhr festgelegt.

Eine beflissene Sekretärin hatte angerufen und ihn mit mir ausgemacht. In den darauffolgenden Tagen hatte sie sich mehrmals erkundigt, ob das Treffen wirklich zustande käme – es schien ihrem Auftraggeber sehr wichtig zu sein. Jedes Mal hatte ich bestätigt.

Elf Uhr war eine gute Zeit. Ich stand früh auf, joggte meine fünf Kilometer und kam verschwitzt, aber zufrieden mit mir und der Welt, in meine Wohnung zurück. Dort duschte ich mich ausgiebig. Es gelang mir sogar, eine Kleinigkeit zu frühstücken.

Jetzt saß ich da und wartete.

Die letzte Nacht hatte ich ebenfalls ziemlich passabel überstanden - und das fast ohne Beruhigungsmittel. Die Albträume hatten zwar nichts von ihrer erschreckenden Intensität verloren, aber ich lernte zunehmend, mit ihnen umzugehen.

Von jetzt an würde ich es selbst schaffen.

Ich brauchte keine Ärzte mehr.

Ich stand von der Bettkante auf und überlegte mir, was ich anziehen sollte. Meinen Kleiderschrank konnte man als übersichtlich bezeichnen. Ich entschied mich zunächst für eine etwas bessere Jeans und ein einfaches T-Shirt. Kurzerhand warf ich noch einen grauen Blazer darüber, um nicht zu salopp zu wirken. Nachdem ich ein wenig Make-up aufgelegt und die Haare gekämmt hatte, sah ich sogar halbwegs annehmbar aus.

Der Wohnbereich meines Zweizimmerappartements diente mir gleichzeitig als eine Art Büro. Ein Schreibtisch, ein paar Stühle, zwei Sessel und eine Couch standen darin. An der Wand gegenüber dem großen Fenster befand sich ein Aktenschrank. Er war noch leer, aber er gab dem Raum ein professionelles Aussehen.

Ich schloss die Verbindungstür, die zum Schlafzimmer führte, und nahm in einem der Sessel Platz. Der Raum wirkte sauber und von der Straße drang kaum ein Geräusch hinein.

Ich wartete.

Als es klingelte, erhob ich mich, ging zur Eingangstür und öffnete.

Ein junger Mann in einem dunklen Anzug stand vor mir. Sein Haar war kurz geschnitten. Er hatte eine attraktive Figur und seine Augen schimmerten hell – graublau, um genau zu sein. Er war vielleicht zwei, maximal drei Jahre jünger als ich. Ich schätzte ihn auf ungefähr achtundzwanzig Jahre.

Was so gar nicht zu seiner Erscheinung passen wollte, war der weiße Kragen. Es war kein gewöhnlicher Kragen. Es war der Kragen eines Priesters.

„Frau Anne Steinbach?“, fragte er.

Ich nickte.

„Mein Name ist Paul Wagner. Ich komme vom Dekanat. Das Dekanat hat doch bei Ihnen angerufen?“

„Ja. Sie sind meine Verabredung für elf“, bestätigte ich, um gleich darauf anzufügen: „Sie müssen wissen, ich bin Atheistin.“

Mein Gegenüber runzelte die Stirn. „Darum geht es hier nicht. Das ist irrelevant. Aber wenn es Ihnen wichtig ist…"

„Ich wollte das nur von vornherein klarstellen", unterbrach ich ihn und bat ihn mit einer Geste, einzutreten.

Kaum dass wir im Wohn- bzw. Arbeitszimmer standen, sagte der Priester: „Gut, dann können wir also anfangen." Er bedachte mich dabei mit einem geradezu kalten distanzierten Blick.

Ich ärgerte mich über mich selbst, weil mir das Blut in den Kopf schoss. Was bildete sich dieser junge Schnösel ein? Glaubte er, mich mit seiner Priestermasche beeindrucken zu können? Die Wohnung gehörte immer noch mir. Hier hatte ich das Sagen.

Ich setzte mich in einen Sessel und schlug betont lässig die Beine übereinander, bevor ich ihn mit einem leichten Nicken des Kopfes aufforderte, ebenfalls Platz zu nehmen. Prüfend blickte ich ihn an, bis er zur Seite sah. Runde zwei ging an mich.

Wagner räusperte sich. „Wir sind uns noch nicht sicher, ob wir Sie für den Auftrag wollen..."

„Ich bin mir auch nicht sicher, ob *ich* den Auftrag will", unterbrach ich ihn. „Genau deshalb sind wir hier zusammengekommen. Um was handelt es sich?"

Wagner griff in seine Jackentasche und zog ein Briefkuvert hervor. Er legte es zwischen uns auf den Couchtisch und tippte mit dem Zeigefinger dagegen.

„Was soll das?", fragte ich.

„Das sind Bilder. Bevor wir uns unterhalten, sollten Sie sich die zunächst einmal anschauen."

Ich nahm den Umschlag und öffnete ihn. Farbfotos kamen zum Vorschein. Eine Waldlichtung im Sommer, bunte Wiesenblumen, grünes Gras. Eine

Leiche, offensichtlich weiblich. Schwarze, bösartig verkrustete Brandspuren, aufgeplatzte Haut, dunkelrotes Fleisch am ganzen Körper, das Gesicht schmerzverzerrt. Dort, wo sich die Augen einmal befunden hatten, schwarze Höhlen. Das, was vom Mund übrig geblieben war, grotesk weit aufgerissen, die Zähne rußgeschwärzt.

„Und, haben Sie so etwas schon einmal gesehen?", fragte der Priester, während er mich aufmerksam und mit einer Spur von Besorgnis musterte.

Ich zuckte andeutungsweise mit den Schultern. Ich war schon weitaus Schlimmerem begegnet. Dingen, die er sich vermutlich nicht einmal vorstellen konnte. Laut sagte ich: „Das ist nichts Außergewöhnliches. Menschen tun Menschen furchtbare Sachen an."

Wagner biss sich auf die Unterlippe „Genau das ist der Punkt. Das, was Sie sehen, hat dem Opfer niemand angetan."

„Wie soll ich das verstehen?"

„Das hier ist ein Selbstmord."

„Ein Selbstmord? Sie wollen mich auf den Arm nehmen!"

„Keineswegs." Der Priester schüttelte seinen Kopf. „Der Suizid ist vor rund zehn Wochen geschehen. Die Verstorbene hat das alles akribisch genau geplant und vorbereitet. Sie hat ihr Heim verlassen, ist auf diese Wiese gegangen - ganz allein und weit weg von allen, die ihr hätten helfen können. Sie hat einen Stapel Holz aufgeschichtet und ihn mit Benzin übergossen. Dann hat sie sich die Haare abgeschnitten, sich rostige Nägel durch die Hand getrieben und den rechten Arm gebrochen. Und zum Schluss..., zum Schluss ist sie auf den Scheiterhaufen geklettert, hat Platz genommen und sich angezündet."

„Wow“, sagte ich. „Die war aber gründlich.“ Innerlich erschauerte ich, als ich darüber nachdachte, was einen Menschen wohl dazu bringen konnte, sich auf diese ungeheuerliche Art und Weise das Leben zu nehmen.

„Haben Sie ein Motiv gefunden? Hat sie einen Abschiedsbrief hinterlassen? “ fragte ich nach einer Weile.

Wagner warf mir einen Blick zu, der mir deutlich zeigte, dass er noch immer zweifelte, ob ich die Richtige für die Ermittlungen war. „Nein. Nichts.“ Seine langen Finger trommelten erneut – diesmal auf dem Couchtisch selbst. „Und deshalb bin ich hier. Meine Auftraggeber“, er stockte, „…meine Auftraggeber möchten herausfinden, was sich hinter dieser Tat verbirgt.“

„Aber es steht doch eindeutig fest, dass es sich um Suizid handelt?“ Langsam wurde ich ungeduldig, doch Wagner schien meinen Gemütszustand nicht zu bemerken.

„Das steht zweifelsohne fest. Aber gerade deshalb sollen wir der Sache nachgehen. Wir sollen herausfinden, wer oder was Cornelia zu dieser Tat getrieben hat.“

„Sie hieß Cornelia?“

„Ja. Cornelia Heinze. Und“, wieder stockte er, „…wir haben großes Interesse daran, das aufzuklären.“ Er schwieg.

Mir blieb nichts weiter übrig, als erneut nachzufragen. „Warum ausgerechnet ich? Wie sind Sie darauf gekommen, dass gerade ich Sie unterstützen könnte?“

„Wir haben recherchiert. Wir haben Nachforschungen angestellt, wer in solchen Fällen bereits gewisse Erfahrungen hat.“

Eine Erinnerung durchzuckte mich wie ein elektrischer Schlag. Bilder tauchten vor meinem inneren Auge auf, rot durchtränkt und verwaschen - Fetzen einer bösartigen Vision, unter der man jahrelang leidet und die man nicht mehr loswerden kann.

„So, ich habe Erfahrungen?", erwiderte ich und es gelang mir nicht ganz, den bitteren Unterton aus meiner Stimme zu nehmen.

„Jedenfalls sagt man das." Wagner ergriff den Briefumschlag, der wieder auf dem Couchtisch lag, in der Absicht, ihn einzustecken. Mitten in der Bewegung hielt er inne und sah mich an. Sein Ausdruck war offen – das erste Mal während unseres Gesprächs – und besorgt. „Meinen Sie, dass Sie wirklich in der Lage sind… - wie soll ich sagen – zu arbeiten?"

Ich lehnte mich zurück und verschränkte die Arme vor der Brust. „Wie bitte?"

„Nun, ich möchte Ihnen nicht zu nahe treten, aber Sie sehen nicht gut aus. …Nicht, dass Sie mich falsch verstehen, ich meine das jetzt nicht im Sinne von attraktiv, …aber Sie wirken auf mich …irgendwie …*krank*." Aus seiner Miene sprach noch immer Besorgnis, in die sich jetzt wieder dieser Zweifel mischte.

„Ich dachte immer", bemerkte ich mit einem Lächeln, „Priester achten nicht auf Äußerlichkeiten".

„Wir achten schon darauf, sie bestimmen nur nicht unser Handeln, wie vielleicht bei anderen Personen."

Jetzt wurde ich wütend. „Ach so, sie bestimmen nicht Ihr Handeln, aber trotzdem kommen Sie in mein Büro und haben die Unverfrorenheit, mir zu sagen, dass ich nicht in der Lage bin, meine Arbeit korrekt auszuführen?"

„Das ist nichts Persönliches. Es ist nur…, der Fall

liegt uns am Herzen.“ Wagner machte eine beschwichtigende Geste mit der Hand, doch damit erreichte er genau das Gegenteil dessen, was er erreichen wollte. Ich brauchte kein Mitgefühl.

„Der Fall liegt Ihnen am Herzen?“, brauste ich auf. „Was war diese Cornelia für Sie? Hatten Sie vielleicht eine andere Beziehung mit ihr, als es Ihnen Ihr Amt eigentlich erlaubt hätte?“

Diesmal war Wagner an der Reihe, zu erröten. Das Blut schoss im schlagartig ins Gesicht und für einen kurzen Moment hatte ich die Genugtuung, ihn aus der Reserve gelockt zu haben.

„So ist das nicht gewesen“, setzte er hitzig entgegen. „Das Interesse an dem Fall ist rein beruflicher Natur. …Aber ich fürchte, sie haben Vorbehalte gegen mich. Und wir können nur dann erfolgreich sein, wenn Sie mit mir zusammenarbeiten. Wenn Sie also ein Problem damit haben, weil ich Priester bin, dann sagen Sie das jetzt gleich. Und dann werden wir uns jemand anderen suchen, der diesen Auftrag übernimmt.“

Ich stand auf, ging zu meinem Schreibtisch, legte meine Hände darauf und sah ihn über die Platte hinweg direkt an. „Ich bin im Moment vielleicht nicht so fit, wie früher, aber fit genug und vollkommen in der Lage, den Auftrag auszuführen. Ich bin eine verdammt gute Ermittlerin. Ich habe eine schwere persönliche Zeit hinter mir. Und ich bin und bleibe überzeugte Atheistin. Diesen ganzen Hokuspokus mit Ihrem Jenseitsglauben und Ihrem gütigen Gott können Sie bei mir getrost vergessen.“ Ich machte eine Pause. Meine nächsten Worte sprach ich ruhig und bedächtig: „…Aber ich habe keinerlei Probleme, weil Sie ein Mann der Kirche sind. Jetzt sind Sie an der Reihe, zu entscheiden, ob Sie mit mir zusammenarbeiten wollen und können. …Also was ist?"

Wagner erhob sich ebenfalls. Er blieb zunächst stumm. In seinen Händen knisterte das Papier des Umschlags. Seine Finger verbogen das Kuvert, ohne dass er es bemerkte. Dann antwortete er doch. „Wir haben eine Übereinkunft. Ich werde mit Cornelias Familie einen Termin vereinbaren. Möglichst schon morgen. …Ich denke, wir werden als Erstes mit den Eltern sprechen. Vielleicht hilft uns das schon etwas weiter."

Ich ließ Zeit verstreichen, bevor ich zustimmend nickte. „Rufen Sie mich an, wenn Sie soweit sind."

Wagner drehte sich wortlos um und ging zum Ausgang. Die Wohnungstür fiel hinter ihm ins Schloss und ich hörte noch für eine Weile seine Schritte auf der Treppe.

In meiner Wohnung wurde es wieder still.

Allein blieb ich zurück.

Die Tränen der toten Nonne -
Der zweite Fall für Steinbach und Wagner

Klappentext

Eine angehende Nonne wird auf bestialische Weise ermordet. Die Umstände ihres Todes deuten darauf hin, dass sie kein Zufallsopfer war.
Ex-Polizistin Anne Steinbach und der Priester Paul Wagner werden von der Kirche mit dem Fall beauftragt. War die Tote tatsächlich eine Heilige, wie alle behaupten? Oder führte sie ein Doppelleben?
Trotz privater Probleme und der zunehmend drängenden Frage nach ihrer Beziehung zueinander, lassen Anne und Paul nichts unversucht, um den Schuldigen zu identifizieren.
Lange tappen sie im Dunkeln. Zu lange. Denn als sie beginnen, die Zusammenhänge zu erahnen, stehen sie schon längst im todbringenden Visier des skrupellosen Täters, dem jedes Mittel recht ist, um unerkannt zu bleiben.

Weitere Bücher von Roxann Hill

Für ein Ende der Ewigkeit
- Band 1 der Lilith-Saga

Klappentext

Als sich die unter Amnesie leidende Lilith nahezu gleichzeitig in Asmodeo und Johannes verliebt, ahnt sie nicht, dass sie damit eine nicht aufzuhaltende Welle von Ereignissen in Gang setzt, die sie in akute Lebensgefahr bringen. Denn nicht nur die beiden rivalisierenden Männer hüten ein dunkles Geheimnis, sondern es gibt auch einen Grund, warum sich Lilith nicht an ihr früheres Leben erinnern kann.
Zu spät erkennt Lilith, dass eine unvorstellbar böse Macht nur darauf gelauert hat, ihre Spur wieder aufzunehmen.

Eine andere Art von Ewigkeit - Band 2 der Lilith-Saga

Klappentext

Ein Hass, so tief, dass er Jahrhunderte überdauert.
Das Böse – lockend, unwiderstehlich.
Lilith.
Wie groß muss ein Opfer sein, um die Liebe zu retten?
Manchmal liegt die Antwort im Tod.

Lilith, Asmodeo und der schwerverletzte Johannes sind ihren Verfolgern entkommen. Doch die Gefahr ist noch lange nicht vorüber, denn der Rabe hat Rache geschworen. Er will nicht nur Lilith zerstören, sondern auch diejenigen, die sie liebt. Und er wird alles tun, um sein Ziel zu erreichen.

Roxann Hill

Im Abgrund der Ewigkeit - Band 3 der Lilith-Saga

Klappentext

„Der Tod ist das Ende. Nichts bleibt – sagt man. Auch ich habe einst so gedacht. Aber jetzt…, jetzt weiß ich es besser. Denn ich bin dort, in der Zwischenwelt, die nicht nur die Lebenden von den Toten trennt, sondern auch Gut von Böse. Der Tod ist nicht das Ende. Der Tod ist der Anfang. Alles überdauert. Der Hass, aber auch die Liebe. Und wenn ich versage, wenn es mir nicht gelingt, den Weg aus diesem Abgrund der Ewigkeit zu finden, sind wir alle verloren.“ ………………
- Lilith Stolzen.

Lilith, Johannes und Asmodeo haben Samaels Pläne vereitelt und die Dämonenwelt zurückgedrängt. Doch zu welchem Preis? Fassungslos steht Asmodeo vor den zerstörten Körpern von Lilith und Johannes. In einem Wettlauf gegen die Zeit setzt er alles daran, um ihre Seelen zurück-

zuholen.
Denn das Böse schläft nicht. Es hat längst seine Fänge nach Lilith und Johannes ausgestreckt, um sie für immer ins Verderben zu reißen.

DIE AUTORIN

Leben:

Roxann Hill wurde in Brünn/Tschechien geboren. Während des Prager Frühlings flüchtete sie als kleines Mädchen mit ihren Eltern nach Deutschland/Mittelfranken, wo sie aufwuchs und auch heute noch lebt.

Die Bücher:

Roxann Hill schreibt Romane, die sie selbst gerne lesen würde: romantisch, phantastisch, Urban Fantasy, Krimi/Thriller. Vitales Zentrum ihrer Romane ist und bleibt aber immer die Liebesgeschichte.

Bisher erschienen:

- Für ein Ende der Ewigkeit: Lilith-Saga 1 (Juli 2012)
- Eine andere Art von Ewigkeit: Lilith-Saga 2 (August 2012)
- Zwei Wünsche zu Weihnachten (Dezember 2012)
- Wo die toten Kinder leben: Der erste Fall für Steinbach und Wagner (März 2013)
- Im Abgrund der Ewigkeit: Lilith-Saga 3 (August 2013)
- Die Tränen der toten Nonne: Der zweite Fall für Steinbach und Wagner (Oktober 2013)

- Liebe macht pink! (November 2013)
- Tote Seelen reden nicht: Der dritte Fall für Steinbach und Wagner (März 2014)

Besuchen Sie Roxann Hill auf ihrem Blog, www.roxannhill.blogspot.de, oder folgen Sie ihr auf Facebook (Roxann.hill.autorin), Google + (Roxann Hill) und Twitter: @Roxann_Hill .

5196878R00165

Printed in Germany
by Amazon Distribution
GmbH, Leipzig